小学館文庫

海近旅館

柏井 壽

小学館

目次

うみちかりょかん

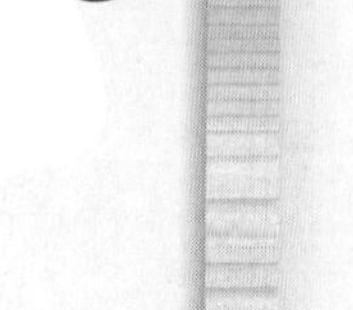

海近旅館

うみちか
りょかん

第一章　黒船襲来

1

海野美咲《うみのみさき》は、川奈《かわな》いるか浜の浜辺に三角座りをしていた。

何かを考えるでもなく、ただただ、ぼーっと海を眺めていた。

手石島《ていしじま》、初島《はつしま》、そして伊豆大島《いずおおしま》。故郷に帰ってきてよかった。そう思うのは、この相模湾《さがみわん》を眺めているときだけだ。

かきいれどきのお盆休みなのに、伊豆半島に台風が向かってきているという。そのわりに波も静かで、風こそ少し強いものの、日差しは強く、夏空は晴れわたっている。

東京での会社勤めを辞め、実家である『海近旅館《うみちか》』を手伝い始めたが、夢見ていた暮らしとの、あまりの違いに毎日うんざりしていた。

波の音、日差し、そして海風に包まれると、心地よい眠気がおそってきて、まぶたが重くなる。

「また来てるのか」

釣《つ》り竿《ざお》を手にして美咲に声をかけてきたのは、幼なじみの針間明彦《はりまあきひこ》だ。『はりま荘』の若主人でもある。

「来ちゃいけないの？」

眠気をふり払うように、目をこすってから、美咲はむくれ顔を作った。

「そんなこと言ってないよ。今日はご機嫌ななめなんだね」

オレンジのベストを着た明彦は美咲の隣に座った。

「なんか釣れた？」

美咲が青いクーラーボックスを横目で見た。

「今日も大漁だぜ」

明彦が蓋を開けると、きらきら光る鰺《あじ》が、幾重にも折り重なっていた。

子どものころから釣りが得意だった明彦にはかつてライバルがいた。いつも釣果を競いあいながらも、仲はけっして悪くはなく、しょっちゅうふざけあう姿は兄弟のようだった。ひとり釣り糸をたれる明彦は、どこか寂しげに見えるときがある。

「それだけ釣れたら、今日は仕入れなくてもいいわよね」

急に吹いた海風に、美咲は慌てて麦わら帽子を押さえた。

「最近のお客さんは、あんまり魚を食べないからな。今夜の泊まりは十人もいないし、これだけありゃ魚は充分だ。刺身と塩焼きとフライ。あとは畑で野菜を収穫するだけ」

明彦はクーラーボックスの蓋を閉めた。

「うちも泊まりは八人だけど、仕入れが高くつくから、儲《もう》けは全然違うわね。うちの兄貴も釣ってくれればいいのに。いつも『魚柿《うおかき》』で高い魚ばっかり買って」

旅館の仕事に就くようになって、一番驚いたのは経費率の高さだ。なかでも食材の原価率と人件費は驚くほどの比率で支出の多くを占めている。明彦は釣り好きということもあるだろうが、食材の原価率を少しでも下げようとしているのだ。

「恵《めぐみ》さんは合理主義者だからな。釣りなんか時間の無駄だと会うたびに言われる。買ったほうが効率的だって」

「うちは魚が売りの宿だからと言って『魚柿』に言われるまま、高い魚をバンバン仕入れてる。魚の目利きに関しては俺が伊豆で一番だって言ってるけど、ただ高い魚を買ってるだけなんじゃないかな。だからずっと赤字続き。今日もまた銀行から返済の催促が来てる」

美咲が小石を海に投げた。

「それで機嫌が悪いのか」

明彦も同じように、大きめの石を投げると、水しぶきが上がった。

人件費の削減も重要な課題だ。

旅館というものは思っていた以上に人手が要る。合理化しようとすればサービスが手薄になってしまう。家族経営の旅館は、大した給料ももらわずに家族が身を粉にして働くのが当然のようになってしまっている。後継者難で廃業する旅館が多いのも当然のことなのだ。

朝から晩まで働きづめの美咲の、若女将《わかおかみ》としての仕事はもっぱら苦情処理係だ。たしかに古びた旅館だから、設備の古さを指摘されて文句を言われるのは仕方ないのだが、料理やサービスのことでクレームをつけられると、何とかしなければと思い悩む。

美咲のアイデアを取り入れ、少しずつ改善しているとは言え、満足顔で帰ってゆく客はほとんどいないと言ってもいい。とりわけ料理に関しては、たいていの客が何かしらの不満を述べて帰る。せっかくいい魚を仕入れているのに、旧態依然とした料理は今どきのお客さんには喜んでもらえない。

ただ海が近いからという理由で『海近旅館』と名付けた原点に戻って、海の眺めをもっとアピールするべきだと美咲は思っている。魚料理を売りものにする宿などいくらもあるし、流通が発達した今では、東京でだって充分美味《おい》しい魚が食べられる。いくら目利きが選んだ魚だと言っても、刺身ばかりだと都会のお客さんは飽きてしまうのだ。

「やっぱり東京に戻ろうかなぁ」

美咲が立ち上がって伸びをした。

短いTシャツがめくれ上がってしまったのを、あわてて手で押さえた。明彦が知らん顔をしているのは、いいようなつまらないような。

「美咲の飽きっぽい性格は、子どものころのまんまだな。半年も経《た》ってないのに、もう田舎に飽きたのか」

「ふるさとは遠きにありて思うもの、ってよく言ったものよね。あれほど帰りたいと思っていたのに、実際に帰ってみると、毎日がつまらなくて」

美咲はジーンズの裾に付いた砂を払った。

「東京みたいな刺激は田舎にはないからな」

「刺激に疲れて田舎に戻ってきたのに、また別の刺激続きで疲れちゃった」

「美咲んとこだけじゃないよ。うちだっていつ旅館をやめようかって、しょっちゅう家族会議さ。夏休みのトップシーズンだっていうのに、今日も明日も客が七人しかいないんだもんな」

明彦が砂浜に寝っころがった。

「うちも今日は三部屋だけ。空いてる部屋の数のほうが多いなんて信じられないわ。ここまでひどいとは思わなかった。夏休みが終わったらどうなるんだろう」

美咲が海に向かって大きなため息をついた。

「うちも似たようなもんだ。温泉があるわけでもないし、部屋もぼろっちい。新鮮な魚ったってこの程度だし。客がくるほうが不思議かもな」

明彦の投げやりな言葉に、美咲が何度もうなずいた。

「いくらいい魚を仕入れているからといって、お造り、塩焼き、煮付けばっかりだと飽きるよね。ちょっとは洋風にするとか、工夫してくれればいいのに」

「料理はうちも似たようなもんさ。でも美咲んところは、部屋から海が見えるだけでもいいじゃないか。うちは屋根に上らんと海なんか見えない」

明彦はじっと空を見つめている。

「あの眺めをもっと生かせればいいんだけどね。窓いっぱいに海が広がってるし、初めてのお客さんはみんなキャーキャー叫んで驚くけど、すぐに見飽きちゃうんだよ」

「そういうのを贅沢《ぜいたく》な悩みっていうんだよ。眺めだけでもお客さんが喜ぶんだから、あとは料理を少し工夫すれば、もっと流行《はや》ると思うぜ」

明彦はベストのポケットからスマートフォンを取りだした。

「わたしもそう思って、料理改革に乗りだしたんだけど、何しろあの頑固おやじが板長だから、まったく聞く耳を持ってくれない。兄貴がいい魚を仕入れてるから大丈夫だって言い張ってる。いい魚はへたに手を加えないほうがいい。生か焼きが一番だって信じこんでるのよね」

美咲が口を尖《とが》らせた。

「おやじさん、いくつになるんだっけ？」

「もう七十五になるのに、引退なんてまるで考えてない。まぁ兄貴に代を譲ったとしても、あんまり変わらないような気がするけどね」

「亡くなった女将さんの言うことなら、たいてい聞いてたみたいだけど」

「父は婿養子でうちに入ったから、母には頭が上がらなかったんだと思う」

美咲がまた小石を海に投げた。

「女将の力って大きいんだよ。うちもそうだったけど、美咲のところは女将さんでもってたよな」

明彦が言った。

「帳簿を見ると、母が生きていた二月までは、もう少しお客さんが入ってたみたい。今年のお正月だって、母の体調が悪いと聞いて、心配して泊まりに来てくれたお客さんがたくさんいたらしいわ」

「本当にいい人だったよなぁ。早くお嫁さんをもらわなきゃ、っていつも言われてた」

明彦が夏空をじっと見つめた。

「自分のことより、人のことばっかり心配してた。兄貴がなかなか結婚しないことも、ずっと悩んでたし」

「恵さんは旅館業が嫌いなのかい？」

明彦がスマートフォンを仕舞った。

「好き嫌いじゃなくて、兄貴は自分に旅館業が向いてないと思ってる。自分の能力を生かせる仕事じゃない、なんてエラそうなことをいつも言ってるんだ」

美咲は帽子を脱いで、指で髪の毛をといた。

母の死をきっかけにして、思いきって東京暮らしをやめ、旅館の仕事に打ち込もうと思った美咲だが、まったく思いどおりにいかない。父の源治《げんじ》も兄の恵も旧態依然とした旅館にどっぷり漬かり込んでいて、聞く耳を持とうともしない。

それでも、どうにかこうにか旅館を続けていられるのは、事業助成金や補助金などのおかげだ。申請の手続きが面倒ではあるけれども、それさえクリアすればなんとか倒産せずに済む。ありがたいことだが、安易にそれに頼ってしまっていることも、改善を遅らせる原因になっているような気がする。旅館の立て直しは一筋縄ではいかないのだ。

お盆休みのさなかとあって、子どもの歓声が海風に乗って聞こえてくる。風に飛ばされたビーチボールが、美咲の足元に転がってきた。受け留めて周りを見回すと、水着姿の女の子が駆け寄ってきた。

「はい」

美咲が手渡した。

「ありがとう。あ、ぼろ旅館のおばちゃんだ」

美咲の顔を見て、女の子がかん高い声を出した。

女の子の顔をよく見ると、昨夜『海近旅館』に泊まった子どもだ。

「おいおい、ぼろ旅館っていう言い方はないだろう」

明彦が身体《からだ》を起こした。

「いいの、いいの。うちはたしかにぼろ旅館なんだから。でも、おばちゃんは嫌だな。おねえちゃんって言ってほしかったな」

美咲が女の子の頭を撫《な》でた。

「じゃあ、ぼろ旅館のおねえちゃん」

女の子は人懐っこい笑顔を見せた。

「行くわよ」

布団が薄すぎるとか、ご飯が硬いとか、風呂がぬるいとか、さんざん文句を言った母親が、女の子の手を無理やり引っ張っていった。

「感じ悪いな」

ピンクの水着の背中を見送って、明彦が眉をひそめた。

「ゆうべうちに泊まった家族連れだけど、ずっと文句言われっぱなしだった」

美咲が砂利浜の上に座りなおした。

「それとこれは別だよ。ビーチボールを拾ってもらったんだから、母親なら礼を言うのが当然じゃないか」

明彦がむくれ顔をした。

「きっとバツが悪かったんでしょ。今朝チェックアウトするときも、悪態をついてたから。でも、やっぱりへこむなぁ」

美咲が小さくため息をついた。

「客商売はつらいよ」

明彦がしみじみと言った。

「宿のことを少しでもほめてもらうと嬉《うれ》しいんだけど、めったにないわね」

美咲が苦笑いした。

「そろそろ戻って、夕食の支度をしなくっちゃ」

明彦が立ち上がった。

「仕事にやり甲斐《がい》を感じてる、っていいなぁ」

「そう見えるだけさ。たまには休みたいよ。ヒマなのにこれで三か月間休みなしだもんな」

「がんばって仕事して、いっぱい儲けて、新館建てて。明彦には未来があるよ」

美咲が明彦の背中をたたいた。

「美咲にだって未来があるじゃん。いい人見つけて、恵さんの代わりにその人を『海近旅館』の主人にしてさ。そうなりゃ美咲も美人若女将だ。テレビが取材に来るぞ」

「そんなの絶対無理。そもそも田舎にいい人なんかいるわけないし」

美咲が大きなため息をついた。

「田舎にいなくったって、お客さんの中にはいるかもしれないぜ。カッコいい男がひとり旅で泊まってさ、ナンパされちゃったりして」

明彦のいたずらっぽい笑顔は、子どものときとまったく同じだ。

小学校から始まって、中学、高校とずっと一緒だった。互いに好意は持っているものの、あまりにも身近な存在なので、二十代の半ばになる今まで、恋愛感情を持ったことは一度もない。明彦も同じだと思ってきたのだが、最近はそうでもないのかなと思うときもある。

「そう言えば、さっきチェックインしたお客さんはイケメンだったなぁ」

言いながら、美咲は明彦の顔を覗《のぞ》きこんだ。

「ほらほら。早速それだ。夕食は美咲が付くんだろ？　お酒の酌なんかしてるうちに、愛が芽生えたりしてな」

その表情から明彦の気持ちを推しはかることはできなかった。

「でも向こうはふたりだし」

「男性ふたり？　ひょっとしてスーツを着たビジネスマンふうじゃない？」

「そう。ひとりは紺色のピンストライプのスーツで、もうひとりはグレーのスーツ」

「車はシルバーのプリウス？」

「車のことは詳しくないからよく分からないけど、たぶんそうだと思う」

「昨夜うちに泊まったふたりだ。間違いない。なんかアヤシイよな」

「そういうひと、最近増えたよね」

「いや、そっちのアヤシサじゃなくて、なんかこうリサーチに来てるっていうかさ。ほら、来年の春にアレが出るじゃん」

「アレって？　幽霊か何か？」

「バカ。アレって言えば決まってるだろう。赤い旅行ガイドブック。旅館の格付けする本の伊豆版が出るって、みんな騒いでるだろ。あの赤本の調査員があちこち泊まり歩いてるっていう噂《うわさ》だよ」

「バカはあんたでしょう。うちゃ『はりま荘』なんかお呼びじゃないわよ。もっといい旅館をリサーチするのに決まってるじゃない。外観を見ただけでも、星なんか付くわけがない、ってすぐ分かるでしょ。わざわざ調査のために泊まったりしないよ」

「そりゃそうだけどさ、万が一ってこともあるから、一応ちゃんとした接客したほうがいいぞ。いつもよりいい料理出してさ」

「今さらどうにもできないわよ。さっき『魚柿』さん来てたし」

美咲の言葉を最後まで聞かずに、明彦はクーラーボックスの蓋を開けた。

「これ持って帰んな。『魚柿』だったらきっと造りはマグロか鯛《たい》だ。地獲《じど》れの鯵を出してやったら評価が上がるぞ」

明彦は、大きなビニール袋に半分ほどの鯵を入れて美咲に渡した。

「八匹で充分だよ。今日の泊まりはおとな五人と子どもが三人だけだし」

「この大きさだったら、一匹で刺身とフライの両方作れる。残ったら美咲が食べろ。面倒だったら丸のまんま塩焼きにすればいい。旨《うま》いぞ」

「ありがとう。じゃ遠慮なくもらっておくね」

「海からもらったもんだから、遠慮は要らないよ。成功を祈ってる」

明彦は背中を向けて走りだした。

2

「どこで油売ってた」

厨房《ちゅうぼう》に入ると、これ以上はないというくらい不機嫌な顔で、父の源治が迎えた。

「明彦に釣りたての鯵をもらってきた」

美咲がビニール袋を差しだした。

「針間のバカ息子が釣った鯵を客に出すつもりか？」

「いけない？」

「まぁいい。今夜の客はうるさいらしいから。地鯵だと言えば喜ぶだろう」

父親が明彦と同じようなことを口にしたのが、美咲にはおかしかった。

「やっぱりうるさい客なんだ」

「やっぱり？」

包丁を止めて、源治が美咲に顔を向けた。

「あのふたり連れのお客さんさぁ、昨夜『はりま荘』に泊まったんだって」

「針間んところに？」

「ガイドブックの調査員じゃないか、って明彦が言ってた」

「うちや針間んところになんか来るもんか」

源治が鼻で笑った。

「だよね。わたしもそう思うんだけど。でもふつうのお客さんじゃないような気がする」

「タヱもそんなようなことを言ってた。お着きの菓子やら、部屋の中をパチパチ撮っとったらしい」

タヱは、『海近旅館』が開業したときからずっと仲居をしているベテランだ。タヱの勘は鋭いことで知られている。若いカップルが心中しそうなのを見抜いて、未然に防いだり、結婚詐欺をはたらくつもりだった男の目論《もくろ》みを見破ったこともあった。

「今夜も六時スタート？」

「六時半からにしてくれとタヱに言うとったらしい」

「部屋は『初島』？」

「そうだ」

「わかった。しっかり化粧してくる」

「余計なことはせんでええ。普通にしてろ」

源治が美咲をにらみつけた。

「あとのふた組は家族連れだよね」

「『川奈』はいつもの宮本《みやもと》さんだ。今年はお孫さんを連れてきた。『大島』は初めての客だ。どっちも海水浴目当ての客だから気楽なもんだ。この鰺がありゃ、子どもにもおとなと同じ料理をサービスしてやれる」

源治が鰺をさばきはじめた。

「宮本さんかぁ。もう何年も会ってないなぁ」

「お前は会ってないだろうけど、年に二、三度は来てくれてる。房子《ふさこ》がいなくなってからは初めてだが」

源治が鰺の背びれを取った。

「お孫さんっていくつくらいなの？」

「幼稚園の年長だと聞いた」

「じゃあ、子ども料理のほうが喜ぶんじゃない？」

「冷凍のハンバーグだとか海老《えび》フライなんかより、こっちのほうが旨いに決まってる」

源治が横目で冷凍庫を見た。

たしかに源治の言うとおりなのだが、魚を食べなれない子どもは、たとえ冷凍食品だったとしても、洋食のほうを喜ぶことが多い。

母が健在だったころの『海近旅館』は、子ども用の洋食も手作りしていたが、恵が主人になってからは、無駄な経費は省くという大義名分で、冷凍食品に切り替えられた。魚介にはうるさいが、洋食なんかはなんでもいいと思っているようだ。美咲は元に戻すことを提案したが、恵だけでなく、源治もそれを拒んだのは少しばかり意外だった。

妻に先立たれた夫は、一気に活力を失うと言われるが、源治はその典型だった。

先代に料理の腕を買われて婿養子に入った源治は、骨身を惜しまず働き続けた。『海近旅館』は女将でもっている宿だ、誰もがそう言っていたが、源治はそう言われても気にする様子はなく、むしろそれを喜んでいるふうだった。

それだけに、房子が病を得て、医師から余命を告げられたときの落ち込みは激しく、どちらが病人か分からないほどやつれ切っていた。一年ほど前に急きょ帰郷したときのことを美咲は思いだしていた。

陽《ひ》が落ちて、普段着から和服に着替える時間は、美咲にとって何より胸躍るひととき
だ。オフィスの洗面所で同僚と並んで化粧を直すのと、布団部屋の三面鏡に向かって口紅を引くのとでは、まったく気分が違う。

『海近旅館』は、高級旅館とはほど遠い存在だから、三つ指ついて若女将のご挨拶なんていうふうではないが、着物姿で夕食の支度をして、客に最初のビールを注《つ》ぐ瞬間は、会社勤めのころには決して得られなかった、ある種の快感だ。

六時二十分。厨房に入った美咲は、ふたり分の料理を盆に載せ、二階の一番奥にある『初島』へ向かった。

「たぶんあと五分くらいでお風呂から戻ってこられます。眼鏡をかけた方が上司だと思いますから、窓際に座らせてあげてください」

階段ですれ違いざまに、タヱが言った。

「でも手前の床の間側が上座でしょ？」

「わたしの言うとおりにしてください」

「はい」

美咲はタヱの勢いに気圧《けお》された。

『初島』はその名のとおり、初島がよく見える部屋で、『海近旅館』では一番いい部

屋だ。十畳の本間と控えの間が四畳半。最近ようやくユニットバスを入れたが、この部屋以外は風呂もトイレも付いていない。

大浴場と表示はしているが、大して広い風呂ではない。洗い場は五人も入れば満員だし、湯船に至っては三人入れば窮屈になる。ただひとつの取柄は眺めだ。湯船に浸かると、目の前に相模湾が広がる。夕陽は見えないが、天気さえ良ければ日の出は必ず拝める。だからといって女湯を〈ご来光〉、男湯を〈朝日〉と名付けたのは単純すぎる気がするのだが。

黒い座敷机も傷みが目立つようになってきた。料理を並べながら、美咲はこの宿の行く末を案じていた。

「とてもいいお湯でした」

黒縁の眼鏡をかけた年輩の男性が、首にタオルを巻いて部屋に戻ってきた。

「温泉じゃなくて申し訳ないのですが、井戸水を沸かしてますので、身体はあたたまります」

「気持ちの問題ですからね。それよりも海を眺めながら、のんびり湯に浸かれるほうがいいですよ。最近の温泉は周りの視線を気にしてか、眺めの悪い宿が少なくないですしね」

男性は額の汗をタオルで拭った。

「クーラー入れましょうか」

美咲がエアコンのリモコンを手にした。

「いやいや、この自然の風がいいです。潮の香りもするし。窓を開けて網戸にしておいてください」

『初島』の間は角部屋になっていて、大きめの窓は二方向に向いて開いている。美咲がカーテンをタッセルでまとめ、ふたつの窓を網戸にすると、勢いよく風が吹き込んできた。

「お連れさまはまだお風呂ですか？」

「いや、彼は外でたばこを吸ってます。僕はたばこが苦手なもので」

「お飲みものはどうなさいますか？」

「ふたりともあまり飲まないので、最初にビールを一本だけいただきます」

「承知しました」

美咲は窓際に置かれた冷蔵庫を開け、ビール瓶を取りだした。

「少し風が強くなってきましたね」

すえたたばこの臭いをまとって、もうひとりの男性客が戻ってきた。

「お注ぎしてよろしいでしょうか」

正座して美咲が訊《き》いた。

「そうだね。そろそろ始めないと」

「先輩、どうぞこちらへ」

若い男性は席の上下を気にしているようだ。

眼鏡をかけた年輩の男性は、しぶしぶといったふうに、床の間を背にして座った。

「よろしかったら、こちらにお座りください。海がよく見えますので」

「そうはいきませんよ。僕が床の間を背にして、先輩を下座に追いやるようなことができるわけ……」

若い男性の言葉をさえぎって、年配の男性は笑みを浮かべて美咲の言うとおりにした。

「まぁまぁ、いいじゃないか。宿の女将さんが奨《すす》めてくれるのだから、この部屋ではこっちが上席なんだよ」

タヱのアドバイスが効いた。

「うちはご覧のとおりの宿ですから、格式の高い料亭とは違います。上下関係なく寛《くつろ》いでいただくのが一番だと思います」

ふたりに順にビールを注ぎながら、美咲が言った。

「そのとおりだ。いいこと言うねぇ、女将さん。一杯どうだね」

坂下《さかした》と名乗った、年輩の男性が飲みほして、グラスを差しだした。

「不調法で申し訳ありません。まだ仕事を残しておりますので」

「それは残念。じゃあいただくとするか」

すんなりあきらめて、坂下が箸を取った。

「先輩、ちょっと待ってくださいね。先に写真を」

若い男性が料理の写真を撮りはじめた。

「うちは写真に撮ってもらえるような料理じゃないんですけど」

美咲は思ったままを口にした。

「荻野《おぎの》はこれが習慣になっているんですよ」

坂下が苦笑いした。

「撮ってから食べないと落ち着かないんです」

荻野と呼ばれた男性は、全体の写真を撮ってから、個別の料理にピントを合わせて撮っている。

「恥ずかしいです」

美咲がぽつりと言った。

「料理はどなたが作っておられるんです？」

荻野がカメラを仕舞いこんだのを確かめてから、坂下が訊いた。

「うちの父が作っています」

美咲が煮付けの蓋を取った。

「おひとりで？」

「兄も手伝ってますが、今日はお客さんが少ないので、休んでます」

美咲の言葉に、ふたりは顔を見合わせて薄笑いを浮かべた。

「鯵のたたき、美味しいですねぇ。マグロも悪くないけど、どこでも食べられますからね」

荻野が言った。

「ありがとうございます。目の前の海で釣れたばかりの鯵なんですよ」

美咲はホッと胸を撫でおろした。

「魚屋で売ってる鯵とはぜんぜん違いますね。やっぱり地物は強い」

またカメラを取りだしてシャッターを押している。

「煮付けはキンメですね。なかなかいい味付けだ」

坂下が金目鯛《きんめだい》の煮付けをほめた。高評価が続いていることに気をよくして、美咲がふたりの素性を探ろうとした。

「よくおふたりで旅行なさるんですか？」

「え、ええ。ふたりとも旅行が好きなものですから」

荻野の答えは歯切れの悪いものだった。

「ちょっとした仕事も兼ねているんですよ」

坂下が言葉を足した。

「すみません、うっかりしていて」

ふたりのグラスが空になっていたのに気づき、あわてて美咲がビールを注いだ。

「こちらも忘れていましたから、どうぞお気になさらずに」

坂下が気遣ってくれた。

カップル客なら、この辺りで下がるのだが、男性ふたりとなれば、最後まで付き合ったほうがいいのだろう。だがふたりが調査員だとするなら、いつまでもいないほうがいいようにも思う。

「おあとのビールはどういたしましょう」

空の瓶を手にした美咲が訊いた。

「もう充分です」

「ではご飯をお持ちしましょうか」

「お願いします」

ふたりの気配を察するに、この辺りで下がったほうがいいようだ。厨房からお櫃《ひつ》に入ったご飯を取ってきて、荻野の傍らに置いた。

「後はおまかせしてよろしいでしょうか」

一膳だけご飯を盛って、下がろうとした。

「女将さん、何かもう一品作ってもらえませんか。我々は酒を飲まないものだから、すっかり料理をさらえてしまって、ご飯のおかずがなくなっちゃったんですよ」

眼鏡をはずして坂下が美咲に言った。

「どういったものがよろしいでしょうか。海苔《のり》の佃煮《つくだに》とか、山葵漬《わさびづ》けとかでしたら、すぐにご用意できますけど」

美咲は冷蔵庫の中を頭に浮かべている。

「さっきの鰺が美味しかったので、あれを使って何かできませんかね」

荻野が言った。

そうか。きっとこれはテストなんだ。予定になかった注文をして、板場を試そうとしていのに違いない。美咲は明彦の言葉を思いだした。

「鯵フライなんかどうでしょう」

「それ、いいね。是非それをお願いします」

坂下が眼鏡をかけなおした。

たたき用に三枚におろした後の鯵が残っているはずだ。それに源治は揚げ物が得意ときている。家でもしょっちゅうトンカツが出てくるが、東京の名店に負けない味だ。源治が趣味でこしらえた自家製のウスターソースも絶妙だし、これを出せばきっと料理の評価は跳ね上がるだろう。

「承知しました。少々お待ちください」

美咲は勢いこんで厨房に駆けこんだが、源治が見当たらない。

「あれ？　父さんは？」

まかないご飯を食べているタヱに訊いた。

「組合の寄り合いがあるとか言って、今出かけていきましたよ」

タヱがシラス丼をかき込みながら、さらりと答えた。

お客さんをほうっておいて外出する板長がどこの世界にいる。たしかに料理は出し終わったけれど、こういうリクエストがないとは限らないじゃないか。そう思ったものの今さら遅い。タヱはまったく料理ができない人だし、他に誰もいない。自分が作るしかないのか……。

東京でひとり住まいしていたときは、ちゃんと自炊していたけど、唯一揚げ物だけは作らなかった。油が怖いということもあったが、それより後始末が面倒なのだ。今ごろになって後悔しても遅いのだけど、何から始めればいいのか。明彦に助けを求める手もあるが、こんなことで借りをつくるのもしゃくだ。

そうだ。ネットがあるじゃないか。厨房に置かれたパソコンの前に座って、〈鯵フライ　レシピ〉と検索してみた。

出るわ出るわ、なんと十七万件以上もヒットした。これでもう大丈夫。美咲はそう自分に言い聞かせた。

一番ポピュラーなレシピを見ながら、美咲はなんとか鯵にパン粉をまぶし、フライヤーに放り込んだ。野菜室にあったキャベツを千切りにして、自家製のウスターソースを添えると、それらしくなった。腕にまったく自信はないが、素材がいいからなんとかなるだろう。

「お待たせして申し訳ありません」

揚げ物は時間勝負だという父の言葉を守って、急いで『初島』に届けた。

「無理を言って申し訳なかったね」

待ち構えていた坂下がやさしい言葉をかけてくれる。これは本当に嬉しい。旅館の仕事を始めて分かったこと、それは日本の男性がとてつもなく横柄だということだ。旅に出てまで、そんなにいばることもないだろうに、と思うのだが、仲居をしもべでもあるかのように叱りつける。ねぎらいの言葉をかけてくれる男性など四か月ほどの間に、ほんのわずかしかいなかった。少し大げさな言いかたかもしれないが、こういう言葉は涙が出るほど嬉しい。

「急ごしらえですから、お口に合うかどうか」

美咲はふたりの前に鯵フライを置いた。

「これこれ、これですよ。海辺の宿に泊まったら、ご飯の友はこれしかないです」

荻野は、鯵フライをソースに浸してご飯に載せた。

「歳《とし》をとるとトンカツよりこっちだな」

坂下はソースもつけずに口に運んだ。

「旨い」

ふたりの男性の声がシンクロしたとき、美咲はホッとし過ぎて、腰が抜けそうになった。

お世辞を言うような人たちには見えない。心から美味しいと言ってくれている。美咲はそう信じたかった。

「宿の料理というものはね、こういう素朴さが一番なのですよ」

坂下が箸を動かしながら言った。

「昨日のはちょっと凝りすぎでしたね」

荻野の言葉にハッとした。凝りすぎというのは、明彦の料理のことに違いない。

「比べちゃいかんのだが、たしかにこの素朴さには敵《かな》わんな」

明彦はどんな鯵フライを出したのか。『はりま荘』と『海近旅館』、このふたりはどっちを高く評価するのだろうか。

「女将さん、もう少しご飯をいただけますか」

荻野が、空のお櫃を見せた。

「すみません。うちはお客さまに合わせて炊きますので、もう残っていません。これから炊きますと一時間近くかかってしまいます。レンジで温めたご飯でもよろしいでしょうか」

「もちろんです。そういうふうに正直に言っていただけると、客としてもありがたいです」

坂下の言葉に合わせて、荻野も大きくうなずいた。

なんだかすべてがうまくいってる。美咲はそう感じていた。

とにかく『初島』の間の夕食は無事に終わった。タヱが布団を敷きにいったときも、ふたりはまだ鰺フライの話をしていたようだ。

美咲の一日は、風呂の湯を抜いて掃除をすることで終わる。前は深夜零時までだった『海近旅館』の入浴時間は、夜十時までに短縮された。

以前より時間が短くなった理由は、温泉じゃないのだから、それくらいでいいだろう、と恵が提案したからで、源治もそれに同意した。美咲はタヱからそう聞かされていた。経費削減という意味もあるに違いないので、あえて美咲はそれに異を唱えることはなかった。

時計をたしかめた美咲は、布団部屋に入って素早く着替えを済ませ、ジャージ姿で風呂場へ急いだ。

「美咲ちゃんじゃないか」

洗面所から出てきた男性客と、廊下で鉢合わせした。

「お久しぶりです」

記憶にある姿とはずいぶん違って見えるが、常連客の宮本に違いない。美咲が深く腰を折った。

「ちゃん、なんて言ったら失礼だな。立派なお嬢さんになって」

浴衣姿の宮本が相好を崩した。

美咲が覚えている宮本は、溌剌《はつらつ》とした初老男性だったが、白髪も増え、どこかやつれたような様子もあり、くたびれた老人というふうに見えた。もっともそれは、少し浴衣がはだけていて、眠りに就く直前の、無防備な姿だからなのかもしれない。

「ご挨拶にも伺わずにすみません。今夜はバタバタしていて、明日の朝にはお部屋までお伺いしようと思っておりました」

「そんなことは気にしなくていいんだ。それはいいんだけどね」

言いよどんで宮本の顔が曇った。

「何かありましたでしょうか？」

美咲が宮本の顔を覗きこんだ。

「美咲ちゃんは、いつ旅館に戻ってきたんだい？」

「三月に母が亡くなって、四月からこちらに」

「そうか。じゃあまだ半年も経ってないんだ」

「ええ」

短く答えてから、しばらく沈黙が続いた。美咲はじっと宮本の言葉を待っている。

宮本は浴衣の襟を合わせてから重い口を開いた。

「『海近旅館』はずいぶん変わっちまったねぇ」

「何が変わりました？」

おおよそのことは分かっていても、美咲はそう訊かずにいられなかった。

「何もかもだよ。宿の中の空気も、料理も、人も」

苦虫を噛《か》みつぶしたような表情の宮本に、美咲は返す言葉を見つけられずにいる。

「ひとりの女将がいなくなっただけで、旅館てのは、こんなにも変わるものなんだねぇ」

宮本は廊下の窓を閉めた。

「そうおっしゃるお客さまはたくさんいらっしゃいます」

美咲は唇を嚙みしめて目を伏せた。

「せめて料理だけでもがんばってもらわんと。美味しい魚料理が食べられるよと言って、孫にも期待を持たせて愉《たの》しみにしてきたから、すこしかわいそうになった」

「申し訳ありません」

美咲が頭を下げた。

「『海近旅館』に来るのもこれが最後になるかと思うと、わたしも寂しいよ」

言いおいて、宮本は『川奈』に戻っていった。

ひとり残った美咲は、重い足取りで風呂場に向かった。

『海近旅館』が母房子でもっていたことは重々承知していたつもりだったが、それをはっきり聞かされると、やはり辛《つら》い。少しずつ経験を重ね、いつの日か、房子の後継者として認められるようになりたい。そう思っていたが、そんな悠長なことは言っていられない。一刻も早く何とかしなければ、そう思いながら、美咲は懸命にデッキブラシで床のタイルを洗い続けた。

3

七時の朝食というのは、『海近旅館』では早いほうだ。次の宿へ調査に向かうのに荻野と坂下は急いでいるのだろう。

旅館に泊まると、なぜか朝ご飯が美味しい。ふだんは朝食抜きなのに、旅館だとご飯のお代わりをしてしまう。そんなお客さんの声を、美咲は何度も聞いてきた。アサリの味噌汁《みそしる》と炊きたてのご飯。朝はこれが主役だ。今日の干物はエンピッカマス。『魚柿』の主人の自慢の品だ。玉子焼きと海藻サラダ、海苔の佃煮、山葵漬け、香の物。とりたててどうこういうものではないけれど、クレームが付くようなものでもない。

朝はタヱが配膳で付くことになっている。

白いエプロン姿の美咲は、階段の拭き掃除をしながら、『初島』の様子をそれとなく窺《うかが》うと、タヱの元気な声が笑い声を交えながら聞こえてきた。これなら大丈夫だろう。美咲は外回りの掃除をしようと階段を降りた。

難しい顔をして、帳場のパソコンと向き合っている兄の恵が見える。

「おはよう。今日はえらく早いんだね」

「美咲さぁ、こういう大事な話はいち早くオレに伝えろ、と言ってあっただろう」

恵が険しい顔を作った。こんなときの表情は源治そっくりだ。

「大事な話って？」

わざととぼけてみせた。

「『初島』の客だよ。赤本の調査員らしいじゃないか。そうと分かっていたなら、豪華な料理とかを出さなきゃ」

声を落としてはいるものの、力が入っているから、自然と大きな声になる。

「明彦からもらった鰺を出したら喜んでたよ」

「あんな釣りバカの釣った魚くらいで喜ぶかよ。伊勢《いせ》海老とかアワビを『魚柿』に言って届けてもらえばよかったのに。あと冷凍庫に霜降り肉があっただろう。あれをステーキにするとかさ。いくらでもご馳走《ちそう》を作れただろ？　ホント気が利かないやつだ」

「そんな特別扱いしたって無駄だと思うよ。あの人たちは、ふつうのお客さんの立場で調査してるんだから」

「だからお前は世間知らずだっていうの。それはあくまで建前。あいつらの本音は別だって。昔から言うだろう、魚心あれば水心、って」

「そんなふうには見えなかったけどなぁ」

「男ふたりなんだろう？　風呂で背中くらい流してやればよかったんだよ」

「残念ながら、わたしにはそんな色気はありませんよ」

世間知らずはどっちだ、と言いたいのを美咲はぐっと我慢した。恵の発想は、うんざりするほど古臭い。

高級食材を出せば客が喜ぶと思いこんでいる。男性客なら色気を出せばいいと思っている。そんな考えだから繁盛しないんだ。何十年も前ならいざしらず、今どきのお客さんはそんなものを望んでいないはずだ。

地産地消。希少な食材でなくてもいい。地元で採れた野菜や、目の前の海で獲れた魚が、一番喜ばれる時代なのだということを、何度言っても恵は理解できないらしい。

美咲はほうきを持って外に出た。

さほど広い間口ではないが、それでもていねいに掃き掃除をすると時間がかかる。額に薄《うっす》らと汗を浮かべた美咲は、ほうきを片付けてバケツに水を汲《く》んだ。

金柄杓《かねびしゃく》で打ち水をすると、ひんやりとした空気が足元から漂ってくる。美咲はこの瞬間が好きで掃除をしているようなものだ。宿の前が清められるのと一緒に、自分の中も洗われるような気がする。

そろそろ『初島』のふたりがチェックアウトする時間だ。向かいの駐車場にも水をまいておこう。そう思ってバケツに水を汲んでいると、宿の中が何やら騒がしい。言い争うような声がする。美咲はバケツを置き、あわてて宿に戻った。

「本当にそういうことは困るんです。遠慮だとか、そういうことではありません」

「まぁまぁ、そうおっしゃらずに。うちの宿でできることは、これくらいしかないんですから」

坂下と恵が、帳場の前で向かい合っている。

「どうかしました？」

美咲が訊いた。

「いやね、ご主人がおみやげをくださったんですが、こういうものをいただくわけにはいかないんですよ」

なんだ、そんなことだったのか。美咲はホッと胸を撫でおろした。

「うちはどのお客さまにも、お泊まりいただいた感謝のしるしとして、おみやげをお渡ししております。おみやげといっても、宿の名が入った手ぬぐいですから、ご遠慮いただくようなものではありません。どうぞお納めくださいませ」

美咲は笑顔をふたりの客に向けた。

「手ぬぐいだけでしたら、遠慮なくいただきますが、これは困ります」

荻野が白い封筒を美咲に手渡した。

「これは？」

「手ぬぐいと一緒に入っていたんですよ」

美咲が中を見ると、商品券の束が入っている。額から汗が噴きだした。

「お兄ちゃん」

美咲が恵をにらみつけた。

「だってお前、うちみたいな宿にわざわざ調査に来ていただいたんだぞ。気持ちばかりのお礼をしなきゃ」

「だから、何度も申し上げているじゃないですか。わたしたちは調査員などではないと」

荻野が声を荒らげた。

「身分を明かせない立場でいらっしゃることは、よくよく存じています。ここはわたしの顔を立てて、どうぞお納めを」

恵が深々と頭を下げた。

「困った人だなぁ。女将さん、なんとかしてくださいよ」

お手上げだとばかりに、坂下が苦笑いした。

「失礼なことをして、申し訳ありません。お給料代わりにわたしがもらっておきます」

美咲が白い封筒をエプロンのポケットにしまった。

「それがいい。女将さん、ナイスです」

坂下が手をたたいた。

「それはないだろう」

恵が泣きそうな顔をした。

「こんなことで足止めをしてしまって、本当に申し訳ありませんでした。これにこりずに、またどうぞお越しになってください」

美咲が坂下のバッグを持って、駐車場へ向かった。

「朝ごはんも美味しかったですよ」

荻野が美咲の背中に声をかけた。

「ありがとうございます」

美咲が振り向いた。

「今はたいていの宿で朝はバイキングでしょ。宿へ休みにきてるのに、朝から並んで働かなきゃいけない。ほかの客とも戦わなきゃいけない。朝飯を食うのに疲れちゃうんですよ」

坂下が言葉を足した。

まったくそのとおりだと美咲も思った。

美咲が帰ってくる前まで、『海近旅館』の朝食はバイキング形式だった。たかだか十人ほどの客なのにバイキングはおかしい。そう美咲が主張したが、そのほうが客は喜ぶ、と源治も恵も反論した。手間がかからない上に、人手も要らない、いいことだらけだと言っていたふたりを何とか説き伏せて、定食形式に変えたら、ちょっとした評判になった。ロコミサイトでも『海近旅館』の朝食を評価する声が相次いだ。それに気をよくしたのか、源治も恵も、バイキングに戻そうなどとはまったく言わなくなった。

宿の料理を改善しようとした美咲の言い分が通ったのは、朝食だけなのだが、それでもほめられると嬉しくなる。

ドアを開けた荻野がエンジンをかけ、トランクにバッグを積みこんだ。

「お世話になりました」

坂下が一礼してから助手席に座った。

「ありがとうございます。こんな宿ですが、お気が向きましたら、またお越しください」

「女将さん」

坂下が美咲の目を見た。

「はい。何でしょう」

美咲がその目を見返した。

「宿の仕事は好きですか？」

「はい」

間髪を入れずに答えた。

「ずっと『海近旅館』の女将でいますか？」

今度は少し間を置いてから答えた。

「許されれば」

「がんばってください」

坂下が手を差しだした。

美咲はその手をしっかりと両手で包みこんだ。

「ありがとうございます」

ハイブリッドカーは、エンジン音を立てない。静かに走り去る車を見送って、美咲が宿に戻ると、帳場の中に座る恵は、パソコンの画面を食い入るように見つめていた。

「どうかしたの？」

画面から目を離さず、恵は息を荒くしている。

「またエッチなサイトでも見てるんでしょう」

美咲が上から画面を覗きこむと、恵はその顔を引き寄せた。

「これ見てみろよ」

「痛いじゃない」

美咲は帳場の中に入った。

「あのふたりの宿帳を見たらさ、住所がここになってたんだ。東京都千代田区大手町……」

恵が宿帳を開いて見せた。

「わたしが勤めていた会社のすぐ近くだけど、それがどうかした？」

「この会社と同じ住所なんだよ。番地まで一緒」

恵はリゾート会社のホームページを開いた。

「『屋代《やしろ》リゾート開発』……、ほら、やっぱり調査員なんかじゃなかった」

「ホントにお前はバカだな。バカな上に勘がにぶい。『屋代リゾート開発』は何をやってる会社だ？」

恵が訊いた。

「聞いたことあるような気がするけど。リゾートを開発している会社なんでしょ。それがどうかした？」

「だから、あのふたりはこの会社の社員だってこと」

「どこから見ても、会社勤めの上司と部下って感じなんだから、そこの会社に勤めてたって、なんの不思議もないじゃない」

「お前さぁ、よくそれで東京の大企業に三年も勤められたね。三年しかって言ったほうがいいのか。『屋代リゾート開発』がどんな会社か、本当に知らないの？」

「あ、分かった。あれだ、『屋代や』だ。あの旅館グループだ」

美咲が両手を打った。

「やっと気付いたのか」

恵があきれ顔をした。

「『屋代や』ってたしか熱海《あたみ》にもあったよね」

「熱海だけじゃない。修善寺《しゅぜんじ》にも下田《しもだ》にも西伊豆にもある。伊豆半島の観光地で屋代の宿がないのは伊東《いとう》くらいだ」

恵が『屋代リゾート開発』の施設一覧のページを開くと、日本中にある『屋代リゾート』が日本列島の形になっていた。

「こんなにたくさんあるんだ」

「お前、それでも旅館の人間か。屋代といえば今や日本一の旅館グループだぞ」

「だったら自分の会社の宿に泊まればいいのに」

「まだそんなバカ言ってる。うちに泊まった目的は買収の下見に決まってるじゃないか」

「買収？　うちを？　兄貴こそバカだよ。『屋代リゾート』といえば一流旅館や高級リゾートホテルしか買収しないことで有名なんじゃないの。うちなんか買収してどうすんの」

「屋代が欲しいのはうちの建物じゃなくて、土地なんだよ。屋代はうちからの海の眺めを欲しがってるに違いないさ。買ったらすぐに壊して、新しい宿を建てるに決まってる。オーシャンビューの絶景ホテルだ。これを見てみろよ」

恵が地図を広げた。

「ここがうちの宿だ。建物はこれだけど、敷地はここからここまで。で、問題はここからだ。オヤジから聞いたけど、あのふたりは針間のところにも泊まってたらしいじゃないか。いいか、針間のところは、こういう形の土地だ。うちの駐車場の隣だから合わせるとこんな土地になる。いくら勘のにぶいお前でも、これを見れば分かるだろう」

恵が地図上で赤く塗りつぶした箇所は想像以上に広い。県道をはさんで両側に広がる土地は、『屋代や伊東』を建てるには充分なスペースだった。美咲は大きくため息をついた。

「とうとう『海近旅館』もなくなっちゃうのか」

「苦労してここまで続けてきた甲斐があったってもんだ。『屋代リゾート』なら相当いい値段で買ってくれるだろうしさ、その金で借金返して、残った金で一生遊んで暮らせるぜ」

恵ならきっとそう言うだろうと思っていたが、目の前でそんな言葉を聞かされると気分が悪い。

と、怒鳴り声をまき散らしながら、階段を降りてくる音が聞こえた。『大島』に泊まっていた家族連れだ。

「申し訳ございません。うちはこんなおもてなししかできませんもので」

タヱが平身低頭している。

「あなたが女将さんですか」

四十代だろうか、父親らしき男性が美咲をにらみつけた。

「はい。まだ見習いですが」

そう言ってから、美咲は余計なことを言ったかとすぐに後悔した。

「間近に海が見える素敵な宿だと、ネット情報にあったので泊まったのですが、期待外れもいいとこでしたね。部屋は古くて狭いし、料理はお粗末だし、こんなひどい旅館に泊まったのは初めてですよ」

隣で仏頂面をしている母親らしき女性が黙ってうなずいた。

「本当に申し訳ありません」

美咲はただただ謝るしかなく、ほかに言葉は浮かんでこなかった。

「子どもには子ども料理を、って頼んでおきましたよね。それが何ですか。おとなと同じじゃないですか」

「良かれと思ってそうさせていただいたんですが。申し訳ありません」

タヱが頭を下げた。

「そんなこと言って、子ども料理を別に作るのが面倒だったんじゃないですか？　ほかの旅館だったら、ハンバーグとか海老フライとか、ちゃんと作ってくれます。鯵のお刺身なんて、うちの子どもはひと切れも食べませんでしたよ」

母親は鼻息を荒くして、怒りを爆発させている。

「枕がかび臭いと言って、うちの子はなかなか寝付けなかった」

父親が子どもの頭を撫でた。

「とにかく、こんな旅館には二度と来ませんから。口コミサイトにもありのままを書かせていただきますよ」

男性が二人の子どもを連れて、玄関から出ていった。

「こんな旅館、廃業されたほうがいいんじゃないですか」

捨て台詞《ぜりふ》を残して女性が続いた。

「本当に申し訳ありませんでした」

タヱと美咲は並んで、深々と頭を下げた。

「うちみたいな旅館に期待するほうが間違ってるんだよなぁ」

客の姿が見えなくなると、帳場の裏に隠れていた恵が出てきた。

「こういうときは、いつも逃げるんだから。たまには兄貴も頭を下げてよ」

「ほんと、そうですよ。本来なら主人たる恵さんが、お詫《わ》びをしないといけないんですよ」

タヱが恵の背中をたたいた。

「あの手の客は苦手なんだよ」

「誰だってそうよ。叱られて謝ることが好きな人間なんて、いるわけないじゃない」

美咲が小鼻を膨らませた。

「そろそろ宿の主人だという自覚を持ってもらわないと。この歳になって転職するのは嫌ですからね」

そう言って、タヱが階段を上がっていった。

「ちょっと出かけてくる」

美咲がエプロンを外した。

「今夜も三組客が入ってるから昼までには帰ってこいよ」

「言われなくったって帰ってくるよ。兄貴と違って、わたしはこの旅館を愛してるからね」

「何をそんなムキになってるんだよ。ここを売ったらお前にも、ちゃんと分配してやるからさ」

言うだけ無駄だと分かっているので、美咲はひと言も反論しなかった。

美咲のおすすめ宿厳選8軒

オーベルジュ花季

no.1

母の房子が亡くなり、その跡を継いで旅館の女将《おかみ》になろう。そう心を決める切っ掛けになったのが、伊東の郊外にある『オーベルジュ花季《はなごよみ》』という宿です。

母に病気のびの字も見当たらなかったころ、会社の同僚とふたりでこの宿に泊まりました。この宿を見つけてきたのは同僚で、伊東の郊外で大繁盛している宿があると目を輝かせながら、即決で三か月先の予約を取ったのは、この宿がまだオーベルジュと呼ばれていないときでした。

訪ねてみると、実家の『海近《うみちか》旅館』から車で十分も掛からない近さだったのです。伊東大川の川べりに建っていて、どこから見ても普通の民家なんです。

「ここって本当に旅館だよね」。同僚が疑うのも当然で、うちの旅館以上に、本当に何もないんです。大浴場も宴会場もないし、部屋数はたったふたつだけ。わたしたちが通された部屋も、なんの特徴もないふつうの部屋でした。うちによく似ているけど、部屋から海が見えるだけ、うちのほうがいい。そう優越感を持ったのは最初だけで、部屋に備えられた温泉に入り、川辺の食事処《じどころ》で夕食を摂《と》りはじめるころには、頭をカリヅチで殴られたようなショックを受けました。料理が凄《すご》すぎるのです。

大都会東京の真ん中で暮らし、それなりの会社に勤めていましたから、たいていの料理には驚きませんが、『花季』の料理には度肝を抜かれましたね。西麻布《にしあざぶ》あたりの和ダイニングなんかは、きっと裸足《はだし》で逃げ出すだろうと思うほどセンスがよくて、しかもとっても美《お》味《い》しい。フレンチ懐石と呼びたくなる料理は、器も盛付も女性好みで、しかも一品一品の量が少ないから食べ飽きない。それに伊東の港に揚がる海の幸を使うのだから、食材の質も群を抜いています。

「こんな旅館だったら女将になってもいいな」。冗談とも本気ともつかないわたしの言葉に、同僚は「わたしをマネージャーに雇って」と言っていたぐらいです。

　宝石箱をひっくり返したような、きらきらと輝く料理が続いたけれど、一番心を揺さぶられたのは〈おばあちゃんの胡麻《ごま》どうふ〉。この宿の名物で、その名のとおり、女性シェフのおばあちゃんが亡くなるまで作り続けていたのだそうです。

　一日ふた組だけのお客さんを泊めて、こんな料理を出すなんて、宿にもいろんな形があるのだと思いました。もしも自分が宿の女将だったら、どんな料理を出そうか、真剣にそう考え始めたけど、わたしはほとんど料理ができないことに気付き、愕然《がくぜん》としたのでした。

　皆さんもぜひ一度この宿に泊まってみてください。きっと宿の概念が変わると思います。

『オーベルジュ花季』
住所：静岡県伊東市岡75-32　電話：0557-38-2020

第二章　嵐の前に

1

伊豆半島を直撃するおそれはなくなったようだが、台風が西から近づいてきていることに間違いはない。少しずつ風も強まり、空は今にも泣きだしそうに、雲を厚くしている。

とにかく『屋代リゾート』のことを明彦に伝えようと、美咲は『はりま荘』へ急いだ。

「おはようございます」

開け放たれた玄関で美咲が声をかけた。

「あら、美咲ちゃんじゃないの。おはよう。明彦かい?」

女将の良子《よしこ》が出てきた。

「ええ。まだ忙しいですか」

「今日はお客さんが早く出発したので、さっき出かけたよ。たぶんイッちゃんのところだと思うけど」

良子が外に目をやった。

「行ってみます。ありがとうございます」

美咲は迷うことなく『喫茶ファースト』に向かった。

喫茶と謳《うた》っているが、朝から昼にかけては喫茶兼定食屋で、夜にはカラオケスナックになる店は、倉橋壱子《くらはしいちこ》が妹とふたりで切り盛りしている。元は旅館の女将だった壱子は、主人を亡くしたあと旅館をたたんで、『喫茶ファースト』を五年前に始めた。

壱子の妹の名は香澄《かすみ》。明彦のひと回り以上も年上のバツイチなのだが、お目当ては彼女らしい。美人というにはほど遠いが、化粧映えのする顔立ちで、いわゆる男好きのするタイプだ。

ときには朝昼晩と三回行くこともあるくらい、明彦が通い詰めているというのは、近所では知られた話だ。だからといって嫉妬心などはまるで湧かないのだが。

店は神社の斜め向かいにあって、緑の三角屋根が目印だ。ガラスの入った格子戸を開けると、カウンター席に腰かける明彦と目が合った。

「ふたりは無事に帰ったかい？」

「そのことで少し話があって」

美咲は明彦の隣に座った。

「アイスコーヒーください」

「珍しいわね、こんな時間に」

香澄は美咲を歓迎しているようには見えない。しぶしぶといったふうに、ネルドリップのセットをした。こんな店のわりにコーヒーはちゃんと淹《い》れるのだ。

「話って何？」

明彦が美咲の耳元でささやいた。

「昨日うちに泊まったふたりだけど」

「鰺を食って喜んだんだろう」

「うん。そこは感謝してる」

「で、やっぱり赤本の調査員だった？」

「違う。もっと面倒くさい話」

「面倒くさい？」

「『屋代リゾート』って知ってるよね」

「ああ。ハイエナみたいなヤツらだろ」

「あのふたりは『屋代リゾート』の社員だったみたい。兄貴によると、うちと『はりま荘』を買収しようとしてるんじゃないかって」

「美咲さぁ、あえてここは大阪弁で言うぞ。そんなアホな」

明彦は美咲の肩をはたいた。

「わたしもそう思っていたんだけどね」

美咲が同じ仕草を返した。

「本当の話なのかい？」

「でなきゃ、わざわざこんな店までこないよ」

「こんな店で悪かったわね」

仏頂面をしながら、香澄がアイスコーヒーを美咲の前に置いた。

とげとげした言葉になるのは、香澄がライバル視しているからだろうが、美咲にはそれが滑稽に思えてしまう。

田舎という狭い世界がいやで、東京に出ていったのは、こんなところにも原因がある。男と女がいて、少しでも親しげだと勘ぐられてしまう。そしてどんなに否定しようとも、噂だけが狭い世界の中に広がってゆく。芸能情報とたいして変わらないのだ。

「香澄ちゃん、コーヒーお代わり」

明彦が空のコーヒーカップを差しだした。

「二杯目は濃いめ、でいいんだよね」

香澄が妙に甘ったるい声を出したのは、美咲をけん制しているのに違いない。

「さすが香澄ちゃん」

明彦が嬉しそうに笑う。こんな単純なことで喜んでいるから、田舎の男はダメなのだ。

「でもうちみたいなボロ旅館を買収してどうするつもりなんだろう。美咲んところなら、眺めがいいから改築してなんとかなるかもしれないけど」

明彦が二杯目のコーヒーに口をつけた。

「兄貴が言うには、土地狙いだって。うちと明彦のところは駐車場で地続きになってるでしょ？　だから二軒分の土地を合わせるとけっこうな広さになる。『屋代や伊東』を建てるには充分な広さだって兄貴は言うんだけどさ」

美咲はアイスコーヒーの氷を鳴らした。

「つまり二軒ともぶっ壊して更地にするってわけか」

「そういうこと」

「許せねえな」

明彦がこぶしを握りしめた。

「解体するってことが？」

「何もかもだ。名乗ってくるならまだしも、こそこそ隠れて泊まって、下調べするなんて。屋代らしいやり口だ」

いつも柔和な表情を崩さない明彦が、めずらしく険しい顔をしている。

「でもね、不思議だと思わない？　買収して更地にするんなら、下調べなんかする必要ないでしょ。どんな部屋で、どういう料理を出すか、なんてリサーチしなくったって、解体しちゃえば関係ない」

「そう言われればそうだな」

明彦が首をひねった。

「『屋代リゾート』のこと、どう思う？」

美咲は話の向きを変えた。

「美咲にあるまじき愚問だな。俺らにとっては最低な会社だ」

明彦が吐いて捨てるように答えた。

「やっぱりそうなんだ。女性誌なんか読んでると、『屋代や』はどこも、すごくいい宿に見えるんだけど」

「そう見えるんだろうな。たしかに泊まる側にしてみれば、いい宿なのかもしれない。どこもきれいだし、料理も旨そうに見えるし、何よりオシャレだもんな」

「ならいいじゃない。お客さんが喜ぶ宿が一番だよ」

「そういう言いかたもできなくはないんだけど、そんな単純なもんじゃないんだよ」

「よく分からないけど、要するに明彦は『はりま荘』を『屋代リゾート』には売らないってことだね」

「売る気は毛頭ないさ。ないけど『はりま荘』は抵当に入っているから、銀行の出方次第では、売らざるを得ないかもしれない」

「銀行の出方って？」

「美咲に隠してもしかたがないから、正直に言うけどさ、うちは『川奈信金』から借りてる金の利息しか払ってないんだよ。それだって月によっては払わないこともある。いつ競売にかけられたっておかしくない状態なんだ。『屋代リゾート』が調べりゃ、そんな事情はすぐ見透かされる。売りたくなくても、売らされる、ってことさ」

明彦が重苦しい胸のうちを語った。

借金をして、元金を返さずに利息だけ払っていれば、目先は楽だが、いつまで経っても借金は減らない。一時的なことなら仕方ないとも思うのだが、長くその状態を続けている旅館がほかにも少なくないと聞くと、やっぱりこの業界は少なからず異質だと思う。返済する意欲がないということは、いずれは売却するつもりだと取られても仕方ないだろう。いつか『屋代リゾート』が買い取ってくれるだろうと期待している旅館すらあると聞いて驚くばかりだ。

「詳しくは知らないけど、きっとうちも同じだと思うよ。兄貴は、制度融資で借りてるから問題ないって言ってるけど、そんな甘いもんじゃないよね」

美咲の言葉に明彦は、大きくうなずいた。

恵はほかの旅館のケースを例に引いて、借換を繰り返すことで生き延びることが可能だと言ったが、そんなことをすれば借金が雪だるま式に増えるに決まっている。今ある借金も返せていないのに、設備近代化だとかなんとか名目を付けて、低利融資を持ちかけてくる金融機関も問題だと思うのだが、どうやらこの業界は長くそうした、持ちつ持たれつの関係を続けてきたようだ。そんなことをしているから『屋代リゾート』のような資本力のあるところに翻弄されてしまう。

「ひとつ手段があるとすれば、誰かほかの人に買ってもらうことかな。今なら任意で売ることは可能だから。売った金で借金を返すことができれば、『屋代リゾート』の手に渡ることは防げる。あくまで理論上のことで、現実味はないけどな」

「なんで現実味がないの？」

「今残っている借金を上回る額で買ってくれるようなもの好きが、この世にいるとは思えないからさ」

明彦が二杯目のコーヒーを飲みほした。

「うちも『はりま荘』もなくなっちゃうのか」

美咲が寂しげに言った。

「屋代は一度目をつけた物件はかならず自分のものにする、っていう話だからな。美咲も早くあきらめて東京に戻ったほうがいいんじゃないか」

「また会社勤めか。明彦はどうするの」

「そうだなあ、喫茶店でもするかな」

明彦が意味ありげに笑った。

香澄と一緒になるとでも言いたいのか。それならそれでいい。カウンターの中でコーヒーを淹れる姿もけっこう様になるに違いない。だが自分はどうすればいいのだろう。

都内の大学を卒業したとき、女将業を継いで欲しいと房子に頼まれたが、それを聞き入れなかった。

それから三年経った春、美咲は伊東に戻ってきた。もちろん房子の死がきっかけとなったのは間違いないが、会社に勤めるということ、東京でひとり暮らしをすることに、疲れきっていたのも、その理由のひとつだった。

繁盛旅館とは、ほど遠い存在である『海近旅館《うみちか》』を、自分の手で、家族と一緒になんとか立て直したい。〈踊り子号〉に乗って東京を離れるときにそう思った。

手ごたえのない日々を過ごしていると、自分の不甲斐なさに嫌気がさしてくる。もしもあのとき房子の願いを聞き入れていたらどうなっていただろう。

ぬるくなったアイスコーヒーは、味も香りもなく、ただ色が付いただけの水でしかなかった。

2

心配された被害もほとんどなく、台風は日本海へと抜けていった。その後も台風はいくつか発生するものの、伊豆に近づく気配もなく過ぎ去っていった。穏やかな海が横たわっているが、夏休みが終わった川奈を訪れる客はそう多くはない。

『屋代リゾート』が、『海近旅館』と『はりま荘』を買収しようとしているという噂話は、あっという間に川奈中を駆けめぐり、伊東から熱海へと噂は広がっていった。

熱海には『伝助《でんすけ》』という居酒屋がある。美咲の行きつけの店だ。旅行客がくることは滅多になく、ほとんどは地元の常連客が占めている。その『伝助』の大将が心配して電話をかけてきてくれた。

ちょうどいい機会だとばかり、事情を説明がてら、美咲が『伝助』を訪れたのは、屋代騒動が始まった日から、ひと月ほど経った夜だった。美咲はカウンターの隅っこに腰かけて杯を傾けていた。

「どこまで手を広げりゃ気が済むんでしょうかね」

『伝助』の大将の仙《せん》さんが焼鳥を焼きながら、もうもうと上る白い煙に目を細めている。みんな仙さんと呼んでいるが、本名を知る者はほとんどいない。

「日本中の宿を屋代色に染めたいんでしょう」

美咲は固い表情で『開運』の純米吟醸に口を付けた。

「古山《ふるやま》さんのところは本当に気の毒でした」

タオルで鉢巻をした仙さんが言った。

「気の毒って？」

「『あたみ古山』といえば、陛下がお泊まりになったくらい由緒正しい宿なんですがね、あのバブルのときに派手に踊っちゃって、おかしな新館を建てたんですよ。その投資が莫大《ばくだい》だったせいで資金繰りがうまくいかなくなってしまって、最後は屋代に身売りしてしまったんです」

仙さんが美咲の前にハツとズリを出した。

「だったら気の毒なんかじゃない。救いの神だと思いますけど」

正直な気持ちが口をついて出た。

借金苦でどうにも立ちいかなくなったときに、宿を買ってそのまま営業を続けてくれるのなら、そんなにありがたいことはない。少なくとも旅館の形は残るのだから、従業員にも常連客にも迷惑をかけずに済む。

「古山の女将さんはね、何度も念を押したんだそうです。何をどう変えてもいいけど、『あたみ古山』の名前だけは残して欲しいと」

「でも今は『屋代や熱海』ですよね」

「そうなんです。いとも簡単に約束を破っちゃった。屋代ってのは、そういうヤツなんですよ」

仙さんが苦い顔をした。

仙さんが『屋代リゾート』を目の敵にしているのは、なるほどそういう理由からなのか。それなら理解できる。買収するときは早く手に入れたいから、聞こえのいいことを言っておいて、実際に入手したらあとは好き勝手にする。世間にはよくある話だが、『屋代リゾート』を好ましく思っていない人たちは、たいていそのことを指摘する。

美咲はあの夜泊まった坂下の顔を思い浮かべた。屋代社長に会ったことはないが、少なくとも坂下はそんな不誠実な人間には見えなかった。

だが東京という街には、その場限りの口約束をする人間など山ほどいることも、美咲はよく知っていた。調子のいいことを言っておいて後は知らんぷり。そんな約束しましたっけ、と言い逃れられたことは、一度や二度ではない。

「ビジネスってのは、非情な世界なんでしょうな」

仙さんがぽつりと言った。まったくそのとおりで、情なんかをかけていたらキリがない。みんな自分の身を守るだけで精いっぱいなのだ。

「お連れさんはまだですかい？」

仙さんが案じているとおり、明彦は約束した時間から三十分も経ったのに、まだ姿を見せない。失礼な男だ。遅れるなら遅れると連絡してくるのが礼儀というものだが、ここでもまた田舎ならではのローカルルールに従わねばならない。うんざりしたように、美咲が壁の時計を見た、ちょうどそのとき、引き戸が勢いよく開いて、明彦が駆けこんできた。

「ごめん、ごめん。お客さんがなかなか放してくれなくて」

「遅れるんなら遅れる、って連絡くらいしてよ」

美咲はむくれ顔を明彦に向けた。

「仙さん、とりあえずビール」

何ごともなかったかのように、明彦が注文した。

「中か大か、どっちにします？」

「男は黙って大だ」

田舎の男ならではの注文の仕方だ。

田舎をバカにするつもりなど毛頭ないのだが、べっとりと手あかのついたような決まり文句を平気で口にする、その神経が嫌なのだ。

「まだ何も言ってこないの？」

美咲が早速本題に入った。

「ああ。美咲んところは？」

明彦はおしぼりでていねいに両手を拭った。

「なしのつぶて、ってところね」

「ひょっとして、屋代はあきらめたんじゃないか？」

「一度食いついたら絶対に放すもんですか。みんなマムシの屋代って呼んでますよ」

仙さんが明彦の前にビールジョッキを置いた。

「まだ何か企《たくら》んでるということなのかな」

「企むって何を？」

「できるだけ安く買いたたくために、何かの方策を講じているんじゃないですかね」

仙さんが苦虫を噛みつぶしたような顔になった。

「それとも、こっちから――お願いだから買ってください――と言うのを待ってるのかもしれないよね」

美咲はグラスを空にした。

「同じものでいいですかい」

「ええ。ダブルで」

美咲の返事に仙さんがにやりと笑った。

「恵さんならやりかねないね」

「兄貴はかなりジレてきてるから、本当に言いだしそう。毎日ずっと電話番して、まだか、まだかってイライラしている」

美咲は小さくため息をついた。

「何か作りましょうか」

仙さんが訊くと、明彦が即座に答えた。

「〈げんこつ揚げ〉をふたつ」

〈げんこつ揚げ〉というのは、『伝助』の名物料理で、鶏《とり》のもも肉を一枚丸のまま、タレに漬け込んで揚げた料理だ。美咲も好物なのだが、ひとりではなかなか食べきれない。それをふたつも明彦は食べる気なのだろうか。

「いらっしゃい」

暖簾《のれん》の間から顔を覗かせる男性客を、若い衆の威勢のいい声が迎えた。

「ひとりなんだが」

「カウンターでよろしければ」

仙さんの言葉にうなずいた男性は、美咲の隣に座った。

旅行客のように見えなくもないが、『伝助』には不似合いな白髪の紳士だ。

グレーのジャケットに黒のスラックス。赤いギンガムチェックのシャツがよく似合っている。六十歳はとうに超えているだろうが、お洒落《しゃれ》が身についている。

「よろしいでしょうか」

紳士は美咲の前に置かれたメニューを指した。

「どうぞ」

美咲が短く答えて渡した。

「ありがとうございます」

田舎では滅多に見かけない、スマートな身のこなしだ。

「東京からですかい？」

おしぼりを出して、仙さんが紳士に訊いた。

「すぐそこのホテルに泊まってまして」

すぐそこのホテルといえば『屋代や熱海』のことだろう。屋代の悪口は言えないな、と美咲は思ったが、明彦は気にもかけていないようだ。

「お飲みものはどうされます？」

「お奨めのお酒があれば」

「冷ですか燗《かん》ですか」

「常温でいただければ」

「では『磯自慢《いそじまん》』がよろしいかと」

「それをください」

「承知しました」

小気味のいいやり取りだ。

「〈げんこつ揚げ〉。お待たせしました」

若い衆が明彦の前に大きな皿を置いた。

〈げんこつ揚げ〉とはよく名付けたもので、本当にげんこつの形をしている。それも相撲取りの手ほどの大きさだ。ひとつでもよかったんじゃないかと美咲は思った。

「美咲はこれくらいでいいかな」

明彦が切り分けて小さめの身を美咲の皿に載せた。いい感じの気遣いだ。小さめといっても、ふつうの唐揚げ三個分くらいの大きさは優にある。

「川奈にもこんな店が欲しいよな」

〈げんこつ揚げ〉を手づかみにしてかぶりつきながら、明彦が言った。

明彦の言うとおりだ。東伊豆を代表する温泉地なのに、熱海に比べて伊東はどうにも元気がない。『松鮨《まつずし》』も店を閉めてしまったし、夜に飲みに行く店もほとんどない。

「『はりま荘』をやめたら、川奈で居酒屋でもやろうかな」

「あら。喫茶店じゃなかったの？」

「あれは香澄にアピールしただけじゃん」

「なんのアピール？」

「それは、ほら、あれだよ」

「何を照れてるのよ。早く一緒になっちゃえばいいのに」

「そんな関係じゃない」

明彦は顔を赤くした。

「よく分からない話ね」

美咲が首をかしげた。

ふたりが他愛《たわい》もない話をしているあいだ、白髪の紳士は静かに『磯自慢』のグラスを傾けていた。

「何かお作りしましょうか」

仙さんが紳士に訊いた。

「『スコット』で洋食をしっかりいただいてきましたので、お腹《なか》のほうは大丈夫なんです。申し訳ありませんが、ゆっくりとお酒だけを愉しませてください」

「遠慮はいりません。うちは居酒屋ですから、お酒を飲んでくださるお客さんが一番ありがたいんです」

「じゃ、お代わりを。ほかにお奨めはありますか」

「『開運』なんかはどうでしょう」

「それをお願いします」

店の主人と客のやり取りはこうでなくては。妙にべたべたするのも気持ち悪いし、どっちかが威張ったり、へりくだるのもいやらしい。東京にいるときは、なかなか聞けなかったやり取りに、美咲は胸のすく思いだった。

紳士のことが気になるのか、明彦が何度も目をやる。

「そんなにじろじろ見ちゃ失礼だよ」

美咲が明彦の耳元で小声をかけた。

「どっかで見たことがあるような。気のせいかもしれないけど」

明彦が声を落とした。

「たぶん気のせいよ」

美咲がささやき声で返すと、明彦は納得したようにジョッキに視線を移した。

「『屋代リゾート』の社員がわざわざ泊まりにきたとなれば、心中おだやかでいられるわけがない。それが狙いだとしたら、すごく狡猾《こうかつ》だと思うわけだ。みんなの心の中をひっかきまわして、それを喜んでるんだよ、きっと」

ジョッキを傾けて、明彦が鼻息を荒くした。

「わたしもそう思いますね。混乱させようとしてるんですよ。屋代ってのは、いつもそうやって、高みの見物をしてる。田舎もんをなめるんじゃない、って言ってやりたいです」

屋代の関係者がいるかもしれないではないか。明彦と仙さんのやり取りにはらはらしながら、美咲は隣に座る紳士の顔色を窺っていた。

「お代わり」

明彦が空のジョッキをカウンターに置いた。

「黒船みたいね」

美咲がぽつりとつぶやいた。

「黒船？」

明彦が不機嫌そうに訊きかえした。

「黒船が来航して大騒ぎになったけど、その結果はどうだったんだっけ」

美咲が明彦に言葉を返した。

「そもそも屋代を黒船に喩《たと》えることからして間違ってる。そんな力はないくせに恰好《かっこう》だけつけてる」

出てきたジョッキを明彦がわしづかみにした。

「静かに、といえば聞こえはいいけど、狭い田舎で刺激もなく暮らしていたところに、いきなり黒船が現れた。とにかく不気味だというだけで遠巻きにして怖《おそ》れている。屋代が来た、屋代が来た、と川奈で大騒ぎしているわたしたちと、当時の下田の人たちとどこが違うの？」

美咲は自分でも不思議に思うほど、冷静にことを分析している。

「どうした美咲。いつから屋代派になった」

明彦が声を荒らげた。

「そういう色分けすることからして間違ってると思うけど」

美咲も負けずに語気を強めた。

「たいへん失礼かと思いますが、わたしもお話に入らせていただいてもよろしいでしょうか」

紳士が声をかけてきた。

「え、ええ」

どういう展開になるのかは分からないが、拒む理由もない。居酒屋のカウンターではよくあることだ。美咲と明彦は顔を見合わせて、ゆっくりとうなずいた。

「ありがとうございます。『屋代や熱海』に泊まっております、池谷《いけたに》と申します。ひとりで旅をしておりますと、人とお話しする時間がほとんどありません。わたしくらいの歳になると、人恋しさといいますか、話の輪に入りたくなるんです。失礼な物言いがありましたらお許しください」

池谷が美咲のほうに身体を向けて続ける。

「こちらのお嬢さんのおっしゃる黒船、うまい喩えだとわたしは思います。『屋代リゾート』の宿は、これまでに誰も見たことがない存在なんです。伝統的な旅館とは違う。かと言って先進的なホテルでもない。主張があるようで、実はまったくない。旅が好きであちこちの旅館やホテルに泊まりますが、『屋代リゾート』の宿は、伝統的な日本旅館とも、クラシックなリゾートホテルとも、まったく別の存在のように思います。だから良い悪いではなく、好き嫌いで分けるのがいいのではないかと思っています。嫌いな客もいるでしょうが、好きな客もいる。宿とはそういうものでしょう」

穏やかな語り口で池谷が語るのを、美咲も明彦もじっと聞き入っていた。

「池谷さん、とおっしゃいましたね。わたしには今のお話は少々納得のいかないところがございます。お酒のお代わりはよろしいですか」

険しい顔をした仙さんは、池谷のグラスに目をとめた。

「じゃ、最初のをもう一杯」

「承知しました」

「納得いかない、というのはどういう？」

池谷が訊《たず》ねると、仙さんは包丁を置いて、背筋を伸ばして口を開いた。

「あたりまえのことですが、池谷さんは宿のお客さんです。つまり今のお話は、お客さん側からみた屋代のことですよね。わたしはこの熱海で四十年以上もしがない居酒屋をやっておりましてね、宿のご主人やら、宿にお勤めの方がよくおいでになります。

そうすると宿側の方のお気持ちというものも、よくよく分かるわけです。こちらのおふたりも川奈で旅館をやってらっしゃる。いい時代もありましたけど、今は旅館業というのは大変なんですよ。特に家業として宿をやっているところは、大手の旅館に押されて青息吐息なんです。今どきのお客さんは最新式の設備を備えないと来てくれませんから、銀行や組合から融資を受けて改築したり、設備を入れ替えたりするんだけど、それでもお客さんは名の知れた、つまりマスコミによく登場する宿に流れていってしまう。屋代なんかがその代表でしょう。どこからお金を引っ張ってくるのか知りませんが、山ほど宣伝費をかけていますよね。雑誌を読んでも、テレビを観《み》ても出てくるのは屋代ばっかり。取材する人たちはきっとタダで泊めてもらったんでしょうね。タレントさんなんかはみんな広告塔になっていますよ。広告代なんかほとんど出せない、こちらのおふたりの宿なんかが太刀打ちできるわけありません。わたしはね、池谷さん。金にものを言わせる企業ではなく、細々ながら家業として営んできた宿を潰しちゃいかんと思っているんですよ。そういう意味で屋代は悪だと言ってるんです」

仙さんが滔々《とうとう》と述べるあいだ、美咲も明彦も何度もうなずきながら聞き入っていた。

「とてもいいお話を聞かせていただきました。熱海という場所も黄金時代を越えて、ひどく落ち込んだ時期がありましたね。まさに火が消えたような。それを乗り越えて今少しずつですが、賑《にぎ》わいを取り戻しつつある。その陰にはご主人のような方の後押しがある。いやいや、素晴らしいことです。わたしも少し屋代に対する見方が変わりましたよ」

池谷が顔を引きしめてグラスを傾けた。

「居酒屋の主人ごときが、えらそうなことを申し上げてあいすみません。聞き流しておいてくださいまし」

仙さんが照れ笑いを浮かべて、座敷席に料理を運んでいった。

「たしかに大将のおっしゃるとおりです。宿というものは、客の側からばかり見ていたのでは、分からないこともたくさんある。今夜はいい勉強をさせてもらいました」

池谷がなめるようにグラスを傾けた。

美咲は誰に言うのでもなく、ひとりごとのように語りはじめる。

「わたしも今年の春まで、宿は泊まる側の立場でしかなかったのですが、実家の旅館を手伝うようになってから、旅館の大変さがよく分かるようになりました。いくら〈おもてなしの心〉といっても、それを受けとめてくださるお客さんはそう多くありません。たいていのお客さんは宿の設備なんかを比較して評価されます。うちの宿なんかいまだにバストイレ付きじゃない部屋ばかりですから、いつもお叱りを受けています」

「美咲んところは、まだいいほうだって。あれだけきれいに海が見える宿は、日本中探したって、そうそうあるもんじゃない。それに比べてうちなんかは……。屋代が買いたいのは『海近旅館』の、あのロケーションで、うちの旅館なんかは付け足しだよ」

明彦も同じように前を向いたままで、淡々と語った。

「そういう言い方をされるのは、おふたりともご自分たちの宿を愛してらっしゃるからでしょう。愛着があるからこそ、ご自分のところの宿を冷静に見ておられる。きっと素敵な旅館なんでしょうね。是非一度お伺いしたいものです」

池谷がふたりに顔を向けた。

「そんな素敵な旅館も、屋代の手でつぶされるかもしれません。行かれるなら今のうちですよ」

カウンターの中に戻ってきて、仙さんが池谷に言った。

「それなら心配はいりません。『屋代リゾート』が川奈に宿を建てることは、当分のあいだはないと思います」

池谷がきっぱり言い切ったのに、仙さんも、美咲も明彦も口をあんぐりと開けたまま驚いている。

「なぜそんなことが言い切れるんです？　あなたは『屋代リゾート』の方じゃないんでしょ？」

美咲が口調を強めると、明彦と仙さんが、そうだとばかりに揃《そろ》ってうなずいた。

「『屋代リゾート』のコンセプトに、〈一地一宿〉という言葉があるのをご存じですか」

池谷が訊くと、明彦が即座に答えた。

「ひとつの地域に屋代は一軒しか宿を作らない、ということですよね」

「そうです。伊豆半島でいうと、熱海、下田、そして西伊豆。一軒ずつ建てていますから、今後これらの地域に『屋代リゾート』の宿ができることはない。そうなりますね」

「それは分かりますけど、川奈に、というか伊東にはまだ『屋代リゾート』は一軒もありません」

美咲が言った。

「来年の夏、小室山《こむろやま》に『屋代や伊東』がオープンするのだそうです」

池谷が満面の笑みで言った。

「ほんとですか」

真っ先に反応したのは仙さんだった。

「本当だと思います。さっき『屋代や熱海』の支配人から聞いたばっかりですから。青写真も拝見しましたし。来週あたりにはプレスリリースも出るようですよ。小室山と川奈はすぐお隣ですから、『屋代リゾート』が川奈に宿をつくることはないでしょう」

池谷の言葉にどうやら嘘《うそ》はないようだ。美咲と明彦は顔を見合わせて、ホッとしたように、口元をゆるめた。

「川奈より小室山のほうがいいと思ったんですかね」

仙さんが不満そうな顔をした。

「わたしは『屋代リゾート』の人間じゃないので、そこはよく分かりません。ひょっとすると、川奈はそのまま残しておいたほうがいいと判断したのかもしれませんね」

池谷の言葉に美咲は、坂下が別れ際に言ったことを思いだした。

「まさか」

美咲がぽつりとつぶやいた。

「なにがまさか？」

明彦が訊いた。

「なんでもない。ただのひとりごと」

美咲は言葉だけでなく、自分の思いも否定した。

「というわけで、近いうちにおふたりのお宿に伺いますから、宿の名前をお聞かせください」

池谷が胸ポケットから手帳を取りだした。

美咲と明彦が順に答えると、池谷はそれを手帳にしるした。

「大将、お勘定をお願いします」

そう言って池谷が立ち上がった。

「ありがとうぞんじます」

大将は眼鏡をかけて、勘定書きに目をとおした。

支払いを済ませて店を出てゆく池谷を、美咲と明彦は席を立って見送った。

「よかった、と言っていいんだよな」

明彦が口を開いた。

「兄貴はがっかりするだろうけどね」

美咲が苦笑いをした。

「池谷さんて、どこかで会ったことがあるような気がするなぁ」

「有名人だったりして」

首をかしげる明彦の肩をはたいて、美咲はお代わりを頼んだ。

「とりあえず乾杯しましょうや」

仙さんがビアグラスを鉢巻の横に上げて、三人はグラスを合わせた。

「なんだか長いひと月だったけど、これで東京は遠くなったわ」

「『海近旅館』改革、次の一手はもう決まってるのか？」

明彦が訊いた。

「夢はいっぱいあるんだけどね」

遠い目をして、美咲は夢をふくらませた。

「美咲、なんかさっきから光ってるぞ。電話じゃないか？」

カウンターの下に置いた、美咲のストローバッグの中で緑色が点滅している。

美咲はスマホを持って、店の外に出た。

「どこにいるんだ。すぐに帰ってこい」

いきなりの源治の怒鳴り声が耳に響いた。

「何かあったの？」

「いいからすぐ帰ってこい」

「今熱海だけど、すぐに帰る」

電話を切って美咲は店に戻った。

「どうした？　何かあったか？」

明彦が心配そうな顔を美咲に向けた。

「なんだか分からないけど、すぐ帰ってこい、って」

美咲は身支度を整えた。

「今なら八時三分発の伊東行きに間に合いますよ。八時半前には伊東に着ける。お勘定はこちらさんからもらっておきます。よろしいですね？」

仙さんが明彦に向き直った。

「また今度返すから、よろしくね」

美咲は明彦の肩をたたいて『伝助』を出た。

3

伊東駅からタクシーで『海近旅館』へ辿《たど》り着いた美咲は、息せき切って玄関のガラス戸を開けた。

「何があったの？」

美咲の声に同時に振り向いたのは、源治と見知らぬ若い男性だった。

「うちに泊まりたいというお客さんだ」

源治がぼそっと言った。

「あなたが女将さんなんですね。なんとかしてくださいよ」

若い男性が懇願するように言った。

「なんとかする、って言っても今日はうちの休館日なもんですから」

美咲がさらりと答えた。

「でも、僕は間違いなく予約したんですよ。ほら、ここ。ちゃんと書いてあるでしょ。

電話予約を受けてくれたのは、海野さんという若い男性だってことまでメモしてますから、絶対間違いありません」

色あせたジーンズに黒ずんだスニーカー。アニメキャラを描いたTシャツは汚れが目立つ。悪人には見えないが、お世辞にも上客とは言えないタイプだ。

おそらくは、恵が何らかの勘違いをして予約を受けたに違いない。本来なら宿泊を受け入れるべきなのだろうが、掃除もできていないし、風呂の湯も張れていない。

「ほかの宿を紹介してやろうと思ったんだけど、今日はどこも休館か満室なんだ」

源治が言葉をはさんだ。

「兄貴は？」

「東京へ行っとる」

きっとこんなことが起こっているなど、夢にも思わず遊びまわっているのだろう。

今さら言っても始まらないが、旅館という商売を軽く考えすぎている恵に、宿の主人は務まらない。美咲は憤懣《ふんまん》やるかたない思いだった。

こういうときに、母の房子だったらどう対処するのだろうか。

「お客さまはけっして神さまではありません。でも、ときどき神さまがお客さまになってお越しになることはあります」

美咲がまだ中学生だったころ、『海近旅館』は繁盛旅館として知られた存在で、従業員も十名近くいた。年末年始の繁忙期を前にして、女将の房子がミーティングで話した言葉の意味を、美咲はまだよく分からずにいる。

「失礼ですがお名前は？」

「冨久山巌《ふくやまいわお》さんだそうだ」

客に代わって源治が答えた。

「少しだけお待ちくださいね」

美咲は素早く予約表を繰った。

たしかに予約を受けている。もちろん記入したのは恵だ。つまり非はこちらにある。

「冨久山さん、お食事は？」

「済ませてきました。だから素泊まりでお願いしたんです。明日の朝の出発も早いので」

冨久山はほとんど表情を変えずに答えた。

「そうでしたか。じゃあお酒は飲まれます？」

「ビールかチューハイしか飲めませんけど」

冨久山が不審そうな顔つきになった。

「お父さん、冨久山さんを『喫茶ファースト』へお連れして。その間に大至急『初島』を掃除してお風呂の支度をしとくから」

美咲が源治に言った。

「わかった。あんたはそれでいいかい？」

源治がいささかも抵抗しなかったのは、酒が好きだからだ。頼まれて飲みに行くのにそれを拒む理由などない。美咲はそれを承知で提案したのだった。

「泊めてさえもらえるんだったら」

冨久山もまんざらではない顔つきだ。

「支度ができたら父の携帯に連絡しますから、それまでゆっくりね」

美咲がふたりの背中を押した。

『海近旅館』の中は真っ暗で、しんと静まり返っている。美咲はひとつずつ電気を点《つ》けていき、掃除道具を取りだし、自分を励ますように声を出した。

「よし、やるぞ」

それに応える声などあるはずもなく、階段の上がり端《はな》でつまずいた美咲は、したたま膝を打った。泣きたくなる思いを必死でこらえて、掃除機のスイッチを入れた。

美咲のおすすめ宿厳選8軒

旅館すぎもと

no.2

東京に出てから好きになった食べものの一番は蕎麦《そば》です。「ああ、お蕎麦ってこんなに美味《おい》しいものだったんだ」。会社の上司に連れられ、麻布十番のお蕎麦屋さんで十割蕎麦を食べて、素直にそう思いました。『海近《うみちか》旅館』でも、おしのぎと称してお蕎麦を出すこともあったみたいですが、たいていのお客さんは食べ残していたと聞きました。

旅館で出す蕎麦なんて、しょせんは場ふさぎというか、品数合わせに過ぎないと思っていましたから、信州は美《うつくし》ヶ原《はら》温泉の『すぎもと』という旅館で出てきた蕎麦にはただただ驚くばかりでした。東京の名店で食べるより美味しいのですから。

取引先の接待を兼ねての温泉旅行でした。新宿から二時間半ほどで着いた松本は、蕎麦が美味しい街としても知られています。幹事さんがお昼に予約をしていた駅前の蕎麦屋さんは、それなりに美味しかったのですが、この時点ではやっぱり信州蕎麦より東京の蕎麦のほうがいいなと思っていました。

ですから宿に向かうマイクロバスのなかで、『すぎもと』という宿の名物は手打ち蕎麦だと聞いても、まったく期待などしていませんでしたね。

松本駅から三十分と掛からずにたどり着いた『すぎもと』は民芸風の造りで、木のぬくもりが感じられる、ほっこりできる宿でした。男女別の大浴場と露天風呂も備えられていましたが、貸切の家族風呂がちょうど空いていたので、ひとりでそこに入ったんです。無色透明のお湯は匂いもほとんどなく、肌にまとわりつくようで、どちらかと言えば伊東の湯よりも軽い感じでした。

夜の宴会までは自由時間だったので、宿のなかをうろついていると、宿の主人が蕎麦を打つところを見学できると聞いて、玄関横の蕎麦打ち小屋へ行ってみました。

ときどき店の片隅で蕎麦を打つところをガラス越しに見せる蕎麦屋さんを見かけるので、きっとそんな感じだろうと高をくくっていて、その迫力に度肝を抜かれました。

宿の主人である花岡《はなおか》さんは、花ちゃんと呼ばれていて、その花ちゃんが蕎麦を打つ光景は迫力満点で、誰もが吸いこまれるようにして、蕎麦打ちを見ています。そのあまりの迫力に卒倒した客が居たというのも分かるほどすごいんです。

その蕎麦は夕餉《ゆうげ》の〆に出てくるのですが、それまでに出てくる山海の珍味尽くしも圧巻です。花ちゃんが酒飲みなので、すべての料理がお酒に合う。食べて飲んでを繰りかえした後の蕎麦は、空前絶後の美味しさでした。この蕎麦に敵《かな》うはずがない。『海近旅館』では蕎麦を出さないことに決めました。

『旅館すぎもと』
住所：長野県松本市里山辺451-7　電話：0263-32-3379
※「館主の手打ち蕎麦」は１日限定10枚・別途料金となります。

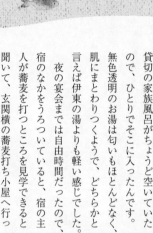

第三章　神さまの客

1

『喫茶ファースト』は夜ともなればカラオケスナックに変身する。源治がドアを開けた瞬間、洪水のごとく演歌が押し寄せてきた。

「えらく賑やかなお店ですね」

冨久山は足を止め、店に入るのをためらっているようだ。

「こんな店だけど食い物はまともなんだ」

源治が背中を押すと、つんのめった冨久山は三歩ほど店に足を踏み入れた。

「こんな店で悪かったわね」

しゃくり上げた顎で、香澄は、ふたりの席を指した。

「なんか怒らせちゃったんじゃないですか」

冨久山は肩をちぢめて香澄に背中を向けた。

「気にせんでええ。香澄はいつもあんなふうだ。明彦以外には不愛想を売りもんにしとる」

気に留めるふうな素ぶりはかけらも見せず、源治は店の奥へ向かった。

源治の指定席ともなっているのは、スピーカーから一番遠い席で、奥まったスペースにゆったりとしたソファが置かれ、洗面所に近いという点を除けば、特等席と言ってもいいような場所だった。

「明彦さんって、どなたなんですか？」

「うちの隣の旅館の釣りバカ息子だ」

源治はソファにどっかと腰をおろした。

「『はりま荘』の息子さんですね」

「なんでそんなことを知っとる?」

源治は煙草《タバコ》に火を点け、紫煙に眉をゆがめた。

「地図を見れば『海近《うみちか》旅館』の隣は『はりま荘』だって、すぐに分かりますよ。どっちに泊まるか迷ってたんです」

冨久山がメニューブックを開いた。

「向こうにしときゃよかったのに」

源治がボソッとつぶやいた。

「向こうは素泊まりを受けてくれなかったんです」

カラオケの音が重なり、冨久山の声は源治の耳に届いていないようだった。

「けっこう賑わっていますね」

おしぼりで手を拭いながら、冨久山が店の中をゆっくりと見まわした。

「旅館が青くなると、ファーストが赤くなる。この辺の連中はそう言ってる。夏場の繁忙期は閑古鳥が鳴いとるんだが、今は見てのとおりの盛況だ。旅館の連中は宿におってもすることがないから、みんなここでヒマをつぶしてる」

長い紫煙を吐きだした源治は小さくため息をついた。

「カラオケやってるくらいなら、休館にしないで旅館開ければいいのに」

マイクを握って絶唱している若い男性を、冨久山は冷ややかに横目で見た。

「こちら、初めてね」

香澄が冨久山の前にハイボールを置いた。

「僕まだ何も頼んでいないんですが」

怪訝《けげん》そうな顔つきで冨久山が言った。

「この店では、何も注文せんと、勝手に薄いハイボールが出てくる。チューハイに毛の生えたようなもんだがな」

源治の前には生ビールのジョッキが置かれた。

「お通しみたいなもんよ。あと何か食べます？」

銀盆を胸に抱えて香澄が冨久山に訊いた。

「晩飯は済ませてきた。そうだよな、冨久山さん」

源治は冨久山にくぎを刺すような顔を向けた。

「え、ええ」

たしかに空腹ではないが、冨久山は〈昔ながらのナポリタン〉というメニューが気になっていた。

「そうなんだ。残念ね。わたしの得意なスパゲティを食べてもらえなくて」

香澄は冨久山の手からメニューブックを取り上げた。

「せ、せっかくだから、いただいてもいいですか」

冨久山は源治に訊いた。

「たいして旨くもないけど、食いたいんなら」

源治が鷹揚《おうよう》な様子を見せたのは、冨久山に向けてというより、香澄へのアピールだったようだ。

「香澄と言います。どうぞよろしくね」

表情を一変させた香澄は冨久山に名刺を渡し、口角を上げてから踵《きびす》を返した。

「あ、どうも。僕は名刺を持ってないので。冨久山巌と言います」

冨久山は受け取った名刺を押しいただいて、ベストのポケットに仕舞った。

「どうやら香澄はあんたのことを気に入ったみたいだな。カモにならんように気をつけんと」

源治はガラスの灰皿に、短くなった吸殻を押しつけた。

「綺麗《きれい》な人ですね」

冨久山の目はずっと香澄を追い続けている。

「ところで冨久山さんは何をしに伊東へ来たんだ?」

源治が話をそらした。

「お参りです」

香澄がキッチンへ消えたのをたしかめてから、冨久山がハイボールの入ったグラスに口を付けた。

「どこへ？」

源治はぶっきらぼうに訊ねた。

「『姥子《うばこ》神社』です」

「姥子？　あの洞窟の神社？　冨久山さんも物好きな人だねぇ。わざわざあんな小さい神社へ」

源治はあきれ顔をして鼻で笑った。

「地元の人はお参りに行かないんですか」

冨久山はグラスを回して、氷の音を響かせている。

「行かなくもないが、〈おえべっさん〉だとか、『三嶋《みしま》神社』さんなんかにお参りするほうが多いわな。なんでわざわざあんな波打ち際の、しかも不気味な洞窟までお参りに行くんだい？」

源治はジョッキを頭の上に上げて、お代わりを注文した。

「夢のお告げがあったんです。巽《そん》の方角の黄色い鳥居にお参りしろ、と」

冨久山が真顔で答えると、一瞬、源治の眉が曇った。

「夢のお告げか……」

源治は、ベージュのクロスがはがれかけている天井を見上げた。

「はい。生のお代わり」

香澄は源治の前に音を立ててジョッキを置き、冨久山のグラスに目を遣《や》った。

「僕はまだいいです」

冨久山はほとんど減っていないグラスを香澄に向けた。

「なるほど、それで明日の朝は早いって言ってたのか」

源治が納得したようにうなずき、ジョッキを口に当てた。

「明日は干潮が五時十八分なので六時には神社に向かいたいんです」

冨久山は迷彩柄のリュックから手帳を取り出し、ページを繰ってたしかめた。

「あすこは満潮になると帰れなくなることもあるからな」

「そうらしいですね」

「はい。ナポリタンお待たせ」

湯気が上る白い楕円《だえんけい》形の深皿を、香澄がテーブルに置いた。

ケチャップまみれの真っ赤なスパゲティには、ウィンナーとピーマン、タマネギが混ざっている。香澄が得意料理だと言うだけあって、なかなかの出来栄えだ。

「まさか、ここでこんなに美味しそうなスパゲティが出てくるとは思ってませんでした」

「でしょう？　これだけは自信あるんだから」

香澄が鼻を高くした。

「これだけだがな。コロッケなんぞは油っぽくて食えたもんじゃない」

「だって揚げ物は苦手なんだもん」

「だったらメニューに載せなきゃいいんだ」

「壱子ねえさんが載せたんだから、しょうがないじゃない」

源治と早口で言い合ったあと、香澄は舌を出して戻っていった。

「本当にこれ美味しいです」

口の周りを赤くした冨久山は、ズルズルと音を立て、夢中でスパゲティを食べている。

「夢のお告げで来た人とは思えんな」

冨久山の子どもじみた食べっぷりに、源治が苦笑いした。

「すみません。赤いものを食べろ、というお告げもあったもので」

フォークを持つ手を止めることなく、冨久山は源治に頭を下げた。

「別にあやまってもらうようなことじゃない。しかし、そのお告げってのは、えらく細かいことまで言うものなんだね」

「はい。十年に一度くらいはお告げがあるんですが、今回のはこれまでで一番具体的でした」

スパゲティを食べ終えて、冨久山はおしぼりで口の周りをぬぐった。

「その話、詳しく聞かせてくれるかい」

ビールを飲みほして、源治がひと膝乗りだした。

「お告げの話ですか」

「そうだ」

「信じてもらえますか」

「よくわからん」

源治はかぶりを振った。

「端から信じていない人に話すと、お告げの神さまがヘソ曲げちゃうんですよね」

冨久山は薄いハイボールをひと口飲んだ。

「そういうものなのかね。まったく信じてないわけじゃないんだが」

源治はそう言って手を挙げ、香澄を呼んだ。

「お代わり？」

「『山崎』をロックでくれ。ダブルでな」

「源さんがロックなんて珍しいわね。何かいやなことでもあったの？」

香澄は横目で冨久山を見た。

「余計なこと言わんと、黙って持ってくりゃええ」

源治は手の甲で追い払うような仕草をした。

「話、続けますか？」

それは冨久山が初めて見せる鋭い目つきだった。

「ああ。続けてくれ」

視線に気圧されたように、源治は姿勢を正した。

夢のお告げ。源治には苦い思い出が残っている。

一年以上前。按針祭《あんじんさい》を目前に控えて、『海近旅館』が最も賑わう日の朝だった。朝食の味噌汁をすすりながら、妻の房子が妙なことを言いだした。昨夜、夢枕に立った父が自分のお腹を何度も何度もこぶしで打ったと言い、それは内臓の異変を知らせてくれたのではないかと。いつもは必ずご飯のお代わりをする房子が、一膳目すらを持て余し、浮かない顔をした。

病院へ検査を受けに行ったほうがいいかと訊ねた房子に、気のせいだから案じるなと言ったのは、繁忙期に宿が手薄になることを危惧したからだった。

そのときに検査をしておけば、間に合ったかもしれない。源治は後悔したが、もう取り返しはつかない。夢枕だとか、夢のお告げなどというものをまるで信じない源治だが、心の片隅にいつも引っかかっているのは、病床で洩《も》らした房子の言葉だった。

――やっぱりあのとき、父が知らせてくれてたんですね――

源治は黙って頭を下げるしかなかった。

口うるさい義父ではあったが、房子に掛ける思いは驚くほど強く、その義父が夢枕に立ってまで伝えようとしたなら、それはきっと深刻なものなのかもしれない。そう信じて病院へ連れて行けばよかった。

夢枕など非現実的な話だと決めつけ、というより、宿の営業を最優先に考え、房子の言葉に耳を貸さなかった結果が、最悪の事態を招いてしまった。いくら悔やんでも、悔やみきれないことに、夢という言葉が絡んでいる。お告げなどというものをまるで信じていなかった源治が、富久山の話を聞いてみようと思ったのには、そういうわけがあった。

「最初は小学校を卒業する直前でした。うちから一番近い中学校に進学するつもりだったんですが、夢に出てきた神さまが奨めてくれた方角の中学に入りました」

「うっかりして聞いてなかったけど、どこに住んでるんだい？」

「『諏訪《すわ》大社』ってご存じですか」

「行ったことはないけど、テレビやなんかで観て知ってる。御柱祭っていう勇壮な祭りをやるところだろ」

「ええ。その〈下社〉のすぐ近くに生まれて、今もそこに住んでます」

「職業は？」

「うちは代々宮大工なので、その見習いってとこです。いろいろ面倒なことがあるので、どうにも継ぐ気がしなくて」

「立派な仕事じゃないか。今の時代にもなくてはならん」

「そうも思うんですが、なにせ地味なもので」

冨久山が顔を曇らせた。

「で、夢のお告げにしたがっていいことはあったのかい？」

「それはまだ分かりません。地元の中学校も評判のいいところでしたし、僕が行ったところも悪くはなかった」

「あんたの年恰好からすると、十年に一度なら、今度のお告げの前にもう一回はあったんでしょうな」

いつの間にか、源治は冨久山の夢の話に強く引き込まれていた。

「ええ。長野の大学を卒業するかしないか、というときでした。宮大工として生きてゆくのか、就職して他の道を選ぶか、迷っていたときにお告げがありました」

冨久山は深いため息をついた。

「そのお告げをされる神さまはどんな恰好をされてるんです？　言葉は今の日本語ですかい？」

「お告げは声だけなんです。少し古めかしい言葉遣いですが、意味は充分通じます」

冨久山がよどみなく答えている最中に、源治の携帯電話が着信を知らせた。

「どうした？　準備ができたって？　ちょっと待って」

携帯電話を耳に当てて、源治が大きな声を出した。

「宿の準備ができたようだけど、どうする？　すぐに戻るかい？」

送話口を手のひらで押さえて、冨久山に訊ねた。

「まだ話の途中ですしね」

「そうだよな。別に急ぐことはないわな」

源治はホッとしたような顔をして、送話口に口を当てた。

「冨久山さんはもう少しここにいたいそうだ。しばらくしたら帰るから表の鍵は掛けとけ」

源治は携帯電話を折りたたんでテーブルに置いた。

「お代わりを頼んでいいですか」

ほんのりと顔を赤く染めて、冨久山が空になったグラスを手に取った。

「ビールもチューハイもあるけど、同じのでいいんだな。おい、香澄、冨久山さんにお代わりを持ってきてくれ。香澄！」

話の続きを早く聞きたいのか、源治は何度も香澄に声をかけた。

「そんなに何度も呼ばなくても、ちゃんと聞こえてるわよ」

香澄は大きな音を立てて、グラスをテーブルに置いた。

「すみません」

冨久山がちょこんと頭を下げた。

「あんたがあやまることないわよ」

香澄が源治をにらみつけた。

「そうか。声だけなのか。ということは神さまなのか、誰だかは分からないってことだな」

香澄など眼中にないように、源治は冨久山に身体を向けた。

「いえ。神さまだと思います」

グラスに口を付けて、冨久山がきっぱりと言い切った。

「声だけしか聞こえないのに、なんでそう断言できる」

源治が煙草に火を点けた。

「お告げをされるのは神さましかいません」

冨久山が真剣な表情を源治に向けた。

「で、二度目のお告げはどんな？」

源治は完全に冨久山のペースに巻きこまれている。

「流れに逆らわず、思うままに生きよ。でした」

「えらく無難なお告げだな」

ドラマティックな展開を期待した源治には、少しばかり期待外れだったようだ。

「次の言葉を待て、と付け加えられました」

冨久山が大きく深呼吸した。

「その、次の言葉ってのが、今回のお告げなんだな」

「六年待ちました。ようやくお言葉を聞いたときは、身震いして目が覚めてしまいました。五日前のことです」

冨久山は鼻息を荒くして続ける。

「巽の方角へ行け。気高き峰を越え、四十里先にある黄色い鳥居を目指すのだ。そこは坎《かん》と艮《ごん》の方角に潮《うしお》があり、震《しん》には岬、離《り》に山、坤《こん》に水を湛《たた》えている。その地の定めに従え」

長いお告げをすらすらと口にする冨久山を、源治は呆然《ぼうぜん》とした顔で見つめている。

「すぐに書き留めて、地図を見て腰を抜かすほど驚きました。そのとおりの場所があったんです」

冨久山がリュックから大きな地図を取りだして、テーブルの上に広げると、源治はグラスを片手に身を乗りだした。

「この赤い丸印が僕の住んでいる下諏訪町《しもすわまち》です。そしてこの星印が『姥子神社』。緑色の線が富士山の上を通っているでしょ。これがうちから見た巽の方角。お告げは四十里と言ってましたが、地図上で測ると百五十六キロ。ほぼ四十里でしょ？」

昂《たか》ぶりを抑えきれないのか、冨久山はペンを持つ手をわずかに震わせている。

「たしかにぴったりだな。あとソンだとか、カンやゴンがどうたら言うとったのは何のことだ?」

地図から目を離すことなく、源治が訊いた。

「僕もあまり詳しくないので、氏神さまの神職の方にお聞きしました。易学の方位で、坎は北、艮は北東、震は東、離は南、坤は南西を指すのだそうです。それをこの『姥子神社』に当てはめてみます」

冨久山が地図を指でなぞると、源治はそれに呼応した。

「北と北東は……潮、つまり海だな。東に岬が……たしかにある。南には……ああ、小室山がある。南西の水は……おお、一碧湖《いっぺきこ》だ。全部符合しとる。なんちゅうことだ」

冨久山の顔と地図を交互に見て、源治は鼻息を荒くした。

「僕がどうしても今夜、おたくの宿に泊まらなければならないわけをお分かりいただけましたか」

冨久山はゆっくりと地図をたたんだ。

「いやはや、長いこと生きとるけど、こんなに驚いたのは初めてだな」

源治はビールを一気に飲みほした。

「明日のことを考えると今夜は眠れそうにありません」

その言葉どおり、富久山はらんらんと目を輝かせている。

「疑うわけじゃないが、こじつけられんこともないわな」

酔いがまわって来たのか、絡むような目つきをして源治がぼそっとつぶやいた。

夢枕だとか夢のお告げだとかというものは、あくまで気のせいであって、現実と結びつけるものではない。源治はそう思いたかった。

「子どものころからずっと僕は手帳をつけるくせがあるんです。携帯電話は持ってませんが、今も毎日手帳をつけています」

富久山が大ぶりの手帳を繰って見せた。

「几帳面《きちょうめん》なんだな。わしは生まれてこのかた手帳なんぞつけたことがない」

「五日前のここ、ご覧いただけますか」

富久山は手帳を開いて源治に向けた。

そこには今しがた富久山が語ったお告げが走り書きしてあり、まったくの作り話には思えないものだった。

「長いこと旅館をやってると、いろんなお客さんと出会うもんだが、冨久山さんみたいな不思議な人は初めてだ」

源治は思ったとおりを口にした。

「僕が不思議なんじゃなくて、お告げが不思議なんじゃないですか」

それを認めたくなかった源治は、香澄を呼んで支払いを済ませた。

『海近旅館』の周りはしんと静まり返っている。源治が表玄関の鍵を開け、ガラガラと引き戸を開けると、犬の遠吠《とおぼ》えが通りにこだました。

「お帰りなさい。遅かったじゃない。お父さんが引き留めてたんでしょ」

サンダル履きで出迎えた美咲が、源治をにらみつけた。

「いえ。ずっと僕の話を聞いてもらっていたんです。それに、すっかりご馳走になってしまって」

冨久山が源治を横目で見た。

「いやいや、長く生きてきて、こんなわくわくする話を聞いたことは、これまでなかった。あとで美咲にもゆっくり話すけどな」

源治が冨久山と美咲、交互に穏やかな視線を向けた。

「そうなんだ。でも今夜はもう遅いから、冨久山さんにはゆっくり休んでもらわないと」

美咲の言葉に、源治も大きくうなずいた。

「ありがとうございます」

冨久山は預けておいた荷物を取って、あたりを見回した。

「お部屋へご案内します。どうぞこちらへ」

美咲が階段を上がりはじめた。

「先に風呂に入ってもらわんと」

「分かってるわよ」

美咲が三段目で振り返った。

2

旅館にとって、朝早く出立する宿泊客など珍しくもなんともない。たいていの客は朝はのんびり過ごすが、釣り客などはまだ夜も明けないうちに宿を出ることも珍しくない。真冬ならともかくも、早秋の朝六時に『海近旅館』を出ていく冨久山を見送ることなど、美咲にとってはたやすいことだ。

「すみません。こんなに朝早く」

支払いを済ませて、冨久山は何度も頭を下げた。

「どうぞご遠慮なく。夏場なんてもっと早くに出発される方もおられますし」

美咲は冨久山を見送りに出た。

「見送っていただかなくても大丈夫です。申し訳ないです」

「お泊まりいただいたお客さまをお見送りするのは当たり前のことですから」

美咲は思ったままを言葉にした。

「それに、ゆうべはすっかりご馳走になってしまって。儲からない客で本当にすみません」

外に出て冨久山はまた頭を下げた。

「何をおっしゃいますやら。こちらのほうこそ手違いがあって、ご迷惑をお掛けしました」

美咲も同じように頭を下げてから、少し表情を曇らせた。

「本当に気を付けてくださいね。いくら引き潮だからといって、油断しているとあっという間に潮が満ちてきますし、岩場なので足元もよくありません。子どものころに母親から、〈姥子さん〉には近づかないようにと言われていたくらいですから」

「大丈夫ですよ。蛇くらいは出るかもしれませんけど、神さまはそんな危険なところへ導いたりはされませんよ」

冨久山が一笑に付した。

「そうだといいのですが」

昨夜遅く、源治から聞いた話は、美咲にはまったく納得できるものではなかった。そもそもお告げだとかなんとかは、まるで信じないほうだし、科学で解明できないものに興味はない。『三嶋神社』をはじめとして、神さまにお参りするのは常のことだが、それは無事に過ごせていることへの感謝の気持ちを捧《ささ》げているのであって、お願いごとをすることも滅多にない。

冨久山がでたらめを言っているとは思わないが、そんなことで人生が変わったりするわけがない。それより多少なりとも危険が伴う場所へ向かおうとしている冨久山のことを、美咲は心底案じている。

「また来ます」

美咲のそんな思いなど通じるわけがない。冨久山はくるりと背中を向け、海岸に向かって歩きだした。

「是非またお越しください」

美咲がかけられる言葉はそれくらいしかなかった。

冨久山が軽く会釈したように見えた。

「まかないごはんでよければ、朝ごはんの用意はできますから、お時間があるようでしたら、是非戻ってきてくださいね」

美咲の大きな声に振り向いた冨久山は、立ち止まってにこりと笑った。

右手に海を見ながら、冨久山はまっすぐ北に向かって歩いてゆく。美咲はその背中を見てハッとした。祖父の正太郎《しょうたろう》にそっくりなのだ。

いつも屋号を染め抜いた茶色のハッピを羽織り、険しい顔で宿の中を走りまわっていた正太郎だが、美咲を連れて海に行くときだけは、優しい笑顔だった。とりわけ印象に残っているのは、客を見送る後ろ姿で、子どもの目にも長身痩軀《そうく》は凜々《りり》しく映った。

その正太郎の背中と冨久山の背中が重なる。母房子の夢枕に立ったという話を思いだした美咲は、冨久山の背中をじっと見つめていた。

神のお告げなるものを信じ切って、そこに向かおうとしている冨久山の純粋さは、自分がはるか昔にどこかへ置いてきてしまったものだ。会社を辞めてから、常に何かしら疑いを持って、ことにあたっている気がする。

夜が明けたばかりの海辺は空気が澄み渡っていて、すこぶる気持ちがいい。美咲は大きく深呼吸した。

暑くなく、もちろん寒くもなく、心地よい海風がそよそよと吹いている。イルカをデザインした石のベンチに腰かけて、美咲は地図を広げた。

その方角にどれほどの意味があるのかは分からないが、たしかに冨久山の言うとおりだった。『姥子神社』も小室山も一碧湖も、神のお告げだとする八卦《はっけ》の方角と一致する。でも、だからどうしたというのだ。

『海近旅館』から『姥子神社』までは数百メートルほどしかないが、急な上り坂になっているから、急ぎ足だと息が切れるかもしれない。川奈から新井《あらい》へと抜けるトンネルの手前にある脇道に入って、しばらく歩けば黄色い鳥居が唐突に現れる。きっと冨久山は胸をときめかせながら、鳥居をくぐったのだろう。

まだまだ引き潮が続く。何ごともなければいいのだが。フレアスカートをはらって立ち上がろうとした美咲は、足元をふらつかせて思わずベンチに座り込んだ。

めまいだろうか。いや、違う。足元が揺れている。海も不規則な波を立たせている。

地震だ。それもけっして小さくない。最初は小さな揺れだったのが、だんだん揺れ幅が大きくなる。

美咲はスマホを宿に置いてきたことを後悔した。どこが震源で、どれほどの規模の地震が起こったのか、何も分からない。

ようやく立ち上がって振り返ると、どうやら建物に被害が出るほどではないようだ。とにかく宿に戻らねば。まだ揺れが残る地面を用心深く踏みしめながら、美咲は『海近旅館』へ向かった。

昔から伊豆は地震の多い地域だから、この程度でうろたえることはない。だが建物のなかにいればもっと大きな揺れに感じたかもしれない。震度でいえば四くらいだろうか。

耐震補強を奨められながらも、手を付けられなかったのは資金繰りが難しいからだった。補助金が出るらしいとは聞いていたものの、古い木造建築だからという理由もあって、想像をはるかに超える見積額に、源治が即座に首を横に振ったのは、二か月ほど前だったか。

外から見る限り、『海近旅館』も『はりま荘』も何も異常はないようだ。

昨夜は休館日で、宿泊客がいないことは、美咲の気持ちを楽にしていた。きっと食器棚から器がいくつか落ちただろうが、それくらいで済めばありがたい。

元々建て付けはいいほうではなかったが、ガラスの引き戸を開けるのに、美咲の力では足りない。源治の安否をたしかめる意味も込め、美咲が玄関に向かって大きな声を上げた。

「お父さん、大丈夫だった？」

耳を澄ますと、宿の中からテレビの音声が聞こえてくるものの、返事はない。美咲は一段と声を張り上げた。

「お父さん」

「なんだ、こんな朝っぱらから大きな声を出して。近所迷惑じゃないか」

パジャマ姿の源治が奥から出てきた。

「よかった。無事だったんだ。戸が開かないのよ。力貸して」

「無事も何も、大した地震じゃないんだから」

サンダル履きの源治が引き戸に手を掛け、力を込めたが戸はぴくりとも動かない。

「何も被害はなかった？」

源治の手元を見ながら美咲が訊いた。

「皿が何枚か割れたくらいだ。それにしても、なんでこんなに固くなった」

顔を真っ赤にして源治は引き手に力を込めるが、音すら立てない。

「安《やす》さんがいてくれたらなぁ」

二階を見上げて、美咲がぼそっとつぶやいた。

「やめちまったんだから、仕方ないじゃないか」

あきらめたのか、源治は指先をもみながら後ろに下がった。

下足番兼営繕係。早く言えば何でも屋だった小倉安吉《おぐらやすきち》は、愚直なまでに真っすぐな性格で、女将とはよく気が合ったが、恵とはいつも衝突していた。

安さんが我慢しきれなくなったのは、恵の接客があまりにもぞんざいだったからだ。安さんが客の靴を磨いているとき、恵が乱暴に言い放った言葉は、たしかにひどかった。

「靴を磨いたって一円にもならん。そんなヒマがあったら川奈駅にでも行って、宣伝ビラを配ってこいよ」

いくら温厚な安さんだって、これには我慢できなくなっても当然だ。その日に荷物をまとめて『海近旅館』を出ていった。

人件費をカットしたい恵にとって、安吉は恰好の標的だった。だが宿側から辞めさせるとなれば、それなりの理由とともに慰労金などもはずまなければならない。それを避けたい恵が巧妙に仕組み、安さんは、まんまとそれに乗せられてしまったのだ。

安さんがいなくなったからといって、すぐに旅館営業に差し支えるようなことはなかったが、長年の働きに報いたいと、源治は退職金をはずんだ。美咲はそのときに流した安さんの涙を思いだしていた。

「ちょっと開きそうにない。鍵開けるからお勝手から入れ」

源治が駐車場のほうを指した。

「わたしはいいけど、これじゃ営業できないわよ。お客さまに勝手口から出入りしてもらうわけにはいかないし」

「伊東の西川《にしかわ》に電話して頼んでみる」

源治が厨房に入っていった。

『西川工務店』は改築のたびに入ってもらっているが、見積額が高い割に仕事が雑、安さんはいつもそうぼやいていた。弱みにつけ込んで高く取られなければいいのだが。

案じながら勝手口をくぐった美咲は、真っ先に厨房に向かった。

「何これ。お皿が数枚割れた程度だなんて、よく言ったわね」

床に散乱する器を見て、美咲は声を荒らげた。

「わしに言ってもしょうがないだろ。天災なんだから。地震保険に入ってるから心配は要らん」

「そういう問題じゃなくて」

割れた食器を拾い集めようとして、思いとどまった美咲はスマホを手に取った。片付けより、地震の詳しい情報を集めるのが先だ。

源治は受話器を持ったまま、何度も番号をプッシュするがつながらないようだ。

「出んな」

受話器をにらみつけてから、源治は乱暴に電話機に戻した。

「震度五弱だったんだ。思ったより大きかったわね」

スマホの画面を見ながら美咲が言った。

「どこにおったんだ?」

「公園の浜辺。冨久山さんを見送ってから、海を見に行って」

「冨久山さんは大丈夫かな。洞窟が崩れたりしてなきゃいいんだが」

そうだ。冨久山だ。不意の揺れにすっかり忘れてしまっていたが、冨久山はおそらく今も〈姥子さん〉にいるはずなのだ。

「津波は? 津波は来ないの?」

美咲が高い声を出したのは、『姥子神社』は小さな津波でもひとたまりもないだろう場所にあるからだ。

「さっき見とったテレビだと注意報は出とるが、心配ない」

「なんで言い切れるの？」

スマホの画面から目を離さず美咲が叫んだ。

「勘。何度も地震を経験しとるから、勘で分かる」

「勘で分かるんなら気象庁なんて要らないわよ」

美咲があきれたように、大きなため息をついた。

「冨久山さんは携帯も持っとらんと言うとったから、連絡の取りようもないわな」

「行ってくる」

「どこへ行く」

スマホをポケットに突っ込んで、美咲は勝手口に向かった。

「決まってるでしょ、〈姥子さん〉を見てくる」

「やめとけ。もし津波が来たらどうする」

「来ないって言ったじゃない」

「来ないから冨久山さんのことは心配せんでええ。あの人には神さんも付いてなさるし」

「あー言えばこう言う。父さんは無責任すぎる。とにかく行ってくる」

「何をそんなムキになっとる。慌てるとろくなことはないぞ」

背中から聞こえてきた源治の言葉に、美咲も同じ思いでいた。なんだかすっかり冨久山の行動に気を奪われてしまっている。美咲は苦笑いを浮かべ、小走りで県道一〇九号線を北に向かった。

一分ほど進んだところで、また地面が揺れはじめた。余震だ。山側を歩いていた美咲に向かって、上から石がぱらぱらと落ちてきた。思わず後ずさりして身構えたが、すぐに揺れはおさまった。

さっきの地震に比べれば、揺れはうんと小さいが、それでもよろけてしまうくらいの震度はある。一瞬戻ろうかとも思ったが、そのまま先を急いだ。

山側に車が何台か停《と》まっていて、海側のガードレールが途切れる場所があった。ここから海に下りてゆくと、すぐに〈姥子さん〉だ。一見したところ異変が起こっているようには見えない。少しばかり安堵《あんど》したが、冨久山の姿がどこにもないのは、どう解釈すればいいのだろうか。見送った時間からして、既に立ち去ったとは思えない。まだ洞窟の中に入ったままなのだろうか。車止めのために設置されたチェーンをまたいで、十歩も進まないうちに、美咲の背中に声が届いた。

「女将さん、どこへ行くんですか」

誰の声かを考えるまでもなく、冨久山のものに違いなかった。

「無事でよかった」

美咲は胸を撫でおろした。

「ひょっとして僕のことを心配して来てくださったんですか」

「地震で洞窟に閉じ込められたりされたんじゃないかと思って」

美咲は〈姥子さん〉のほうを覗きこんだ。

「ちょうど洞窟に入る直前でした。向こうのほうから光が差してきて、あまりに神々しいので、入ることをためらってしまったんです。そしたらグラグラッときて、音を立てて洞窟の中で落石しているのが見えたんです。小さな石でしたけど」

美咲の隣に立って、冨久山が洞窟を指した。

「神さまが助けてくださったんですね」

口をついて出た言葉は、自分のものとは思えなかった。

「本当にそう思います。大きな地震だったのですか」

川奈漁港のほうを見ながら、冨久山が訊いた。

「震度五弱だから大きいほうでしょうね。とにかく無事でよかったです。交通網も乱れているでしょうから、気を付けて旅をお続けください」

「旅館は大丈夫だったんですか？　失礼ながら古い建築だったので」

「おかげさまで大した被害はありませんでした。玄関の戸が開かなくなったのと、食器棚から落ちてきたお皿が割れたくらいで」

　美咲が苦笑いした。

「開くようになりました？」

「いえ、たぶんまだ」

「枠が歪《ゆが》んだのだと思います。見にいきましょう」

　冨久山が県道に足を向けた。

「そう言えば、冨久山さんは宮大工のお仕事をなさっているんでしたね」

「見習いにもなれないくらいですけどね」

　ふたりは顔を見合わせて笑った。

　県道一〇九号線はセンターラインがなく、それでいて通行量も多く、見通しがいいせいもあって、どの車もスピードを落とさずに走り去ってゆく。歩道も設置されていない道を歩くと、ひやりとさせられることも少なくない。美咲をかばうようにして車道側を歩く冨久山は厳しい目を車に向ける。

「歩道を作るべきですよね」

「父もずっと陳情し続けているようですがなかなか。大きな事故でも起こらないと動いてくれないんです」

「起こってからでは遅いと思うんですが」

冨久山は冷静な口調で言った。

〈姥子さん〉から『海近旅館』までを歩いても、特に変わった様子はない。大きな地震のあとだとはまったく思えない。外観はそのままでも、家の中は大変なことになっているのだろうが。

「美咲んところは無事だったか？」

『はりま荘』から明彦が出てきた。

「無事とも言えないけど、そこそこ」

美咲は無難に答えた。

「こちらは？」

明彦が冨久山に不審そうな顔を向けた。

「昨夜うちに泊まったお客さんの冨久山さん」

美咲の言葉に、冨久山はちょこんと頭を下げた。

「昨日は休館日だったんじゃ？　そっか、昨日の電話はそういうことだったんだ」

明彦は察しが早い。

「『はりま荘』は無事？」

「なんとかな」

明彦が複雑な笑顔を返した。

「女将さん、大工道具とかってありますか？」

冨久山が『海近旅館』の前から美咲を呼んだ。

「冨久山さんは宮大工なんだって。開かなくなった戸を直してくれるみたい」

小声でそう伝えて、美咲は明彦に手を振った。

「以前勤めていた従業員が残していったものが布団部屋にあると思います」

言うが早いか、美咲は勝手口に駆けこんだ。

美咲が持ってきた道具箱を開けた冨久山は、慣れた手つきで作業を始めた。

美咲と源治、それに明彦が見守る中で冨久山は、木槌《きづち》、かんな、バール、のみと素早く持ち替えて、五分と経たないうちに引き戸はスムーズに開くようになった。

「たいしたもんだ」

源治が声を上げると、美咲はパチパチと手をたたき、ひとりごとのようにつぶやいた。

「手品みたい」

「直した跡が分からないってのもすごいな」

源治が鴨居《かもい》を指でなぞった。

「この際、アルミサッシに替えたほうがいいかもしれないわね」

「とんでもない。こんな素晴らしい建築はちゃんと残さないと」

美咲の言葉に、めずらしく冨久山が声を荒らげた。

「わしにはボロ家にしか見えんけどなぁ」

「昨日泊めてもらった部屋も最高でした。欄間の鶴亀の細工だとか、青海波をデザインしたふすまの引き手なんか、今では貴重なものですよ。ちゃんと手を入れれば絶対見ちがえるようになります」

「本当ですか」

美咲が目を輝かせた。

「おそらく大正の終わりころの建築だと思いますが」

冨久山が二階に目を遣った。

昭和三年にゴルフコースができたくらい、早くからリゾート地として知られた川奈には、大正時代からお金持ちが競って別荘を建てたそうだ。その中の一軒をたまたま手に入れたのが、祖父正太郎の父だったらしく、そこで料理屋を開いたのが『海近旅館』の始まりだと聞いた覚えがある。

　言われてみれば立派な建物に見えはじめ、周囲に散らばるゴミが気になる。美咲はあわてて庭ぼうきを手にした。

「でも、手を入れるには、かなりのお金が掛かりますよね」

　門口を掃きながら美咲が上目遣いに冨久山を見た。

「建て替えたほうが安いな」

　源治が顔を向けると、冨久山は黙ってうなずいた。

「これ以上の借金はできんぞ」

　捨て台詞を残して、源治は玄関から宿の中に戻り、各部屋の損傷具合を点検してくると言って、冨久山がそのあとに続いた。

　外から見るかぎり、何も変わっていないように見えて、しかしさっきまでびくともしなかった引き戸は、何ごともなかったかのようにスムーズに開くようになった。

　ほうきの手が止まった。空から母の声が聞こえてきたような気がしたからだ。

――お客さまはけっして神さまではありません。でも、ときどき神さまがお客さまになってお越しになることはあります――

神さまがお客さまになって……。ひょっとすると……。美咲がほうきを持つ手に力を込めたとき、自転車のブレーキ音が玄関のガラス戸を震わせた。

「おはようございます。いつもながら早いですね」

スタンドを立てて、自転車を降りたのは川奈駐在所の川平《かわひら》巡査だった。きっと地震の被害状況を調べに来たのだろう。美咲はそう思ったが、川平巡査は『海近旅館』には目もくれず、深刻そうな顔付で一枚の紙を美咲に差しだした。

「ちょっとお訊ねしたいのですが、この男性を見かけませんでしたか？」

そう言って、川平が見せた顔写真が冨久山のものだったことに、美咲は小さく声を上げ、手から滑り落ちる庭ぼうきが地面で乾いた音を立てた。

美咲のおすすめ宿厳選8軒

洋々閣

no.3

母とふたりで泊まりに行った思い出の宿は、九州の唐津《からつ》にあります。

「うちなんかと比べるのもはばかられるけど、もしも美咲が『海近《うみちか》旅館』を継いでくれるなら、こんな宿にしたいのよね」

夕食のアラ料理を食べながらそう言った母は、めずらしく酔っていたような記憶があります。わたしが宿を継ぐ、という言葉を母が口にしたのは、このときが最初で最後でした。

宿の名は『洋々閣《ようようかく》』です。福岡空港からレンタカーを借りて、ドライブを愉しみながらたどり着いたのは、まだお昼前でした。

古風なところはうちとおなじだけど、格も違えば、行き届いた手入れもけた違い。そして何より異なるのは、そのもてなしの心なんです。

お昼ご飯のお店を紹介してくださいと頼むと、宿のご主人自らが予約して、ご自分で運転される車に乗せて連れて行ってくださいました。とっても美味《おい》しいお寿司《すし》屋さんでした。

お寿司と昼酒を母と堪能したところへ、ちゃんと迎えに来てくださったのには大感激したものです。なるほど、母が憧れるのももっともなことだなぁと思いつつ、でも、うちでは到底ここまで真似《まね》できないな、と母とふたりでため息ついたのも懐かしい思い出です。

海のすぐ傍《そば》にあって、温泉がないという点はうちとおなじだけど、やっぱりぜんぜん別ものでした。家具や調度品もみごとで、宿のそこかしこに活《い》けてある花も、なんて素敵なのだろう！と声を上げてしまいそうになるほど美しいんです。

さぞやお花代が大変だろうなと訊《き》くと、「近くに咲いている花を切って活けることも多いんですよ」と女将《おかみ》さんがおっしゃったのは、まさに目からうろこでした。それならうちだってできるよね。そう言うと母はにっこり笑っていました。

温泉ではないのにとっても身体《からだ》が温まる。これだけはうちとおなじでした。

でも、客室から大浴場へ向かう途中にあるギャラリーは、うちでは絶対真似できない施設。宿のご主人と唐津焼の作家、中里隆《なかざとたかし》さんが無二の親友ということから生まれた、唐津焼だけのギャラリーに並んでいるのは、それはそれは素晴らしい器です。

そんな器を使った料理は、海の幸あり、和牛ありと贅《ぜい》を尽くしたもので、絶品とはこういうことを言うのだと感心しきりでした。

『洋々閣』
住所：佐賀県唐津市東唐津2-4-40　電話：0955-72-7181

第四章　美咲の恋

1

川平は地面に転がった庭ぼうきを取り、不審そうな顔で美咲に手渡した。

「もしかして、この男性をご存じなのですか」

「昨日うちに泊まられた方によく似ています」

美咲はうつむいたままで答えた。

「本当ですか。もうチェックアウトされましたか？」

川平はあわてて胸ポケットから手帳を取りだした。

「え、ええ。朝早くに」

嘘ではなかったが、後ろめたさも覚えている。冨久山が宿の中にいることを告げるべきかどうかを美咲は迷った。

「どんな様子でした？　思いつめたような顔をしてませんでしたか」

川平は手帳を広げ、ペンを構えた。

「特に変わった様子はありませんでした」

「どこかへ行くとか言ってませんでしたか」

「〈姥子さん〉へ行くと言ってられました」

「〈姥子さん〉へ？　やっぱり」

美咲に背を向けた川平は無線マイクに向かって何ごとか話している。

最初に言いそびれたことを美咲は後悔しはじめる。

それにしても、なぜ警察は冨久山の行方を追っているのだろう。ふつうに考えれば犯罪がらみだろうが、とても悪人には見えないし、もしも警察に追われて逃亡しているのだとすれば、あまりにも行動がのんき過ぎる。

「この人は何をしたんです？」

美咲に向き直った川平に、単刀直入に訊ねた。

「行方不明者届が、ご家族から出てましてね。自殺のおそれがあるということで、心配なさっているんですよ。遺書のような走り書きに、川奈、行くようなことが書かれていたそうなんです」

イヤホンを外して、川平が答えた。

「自殺のおそれ……ですか」

冨久山はまるでそんな素ぶりも見せなかったが、犯罪がらみではなかったことに、美咲は胸を撫でおろした。

「わたしはこれから〈姥子さん〉へ行ってみます。自殺をするなら恰好の場所ですからね」

川平が自転車のスタンドを外した。

「その方、うちにいらっしゃいますよ」

美咲が遠慮がちに宿の二階を指さした。

「え？　今、なんとおっしゃいました」

川平が大きな声を出した。

「間違いないと思います」

　美咲が大きくうなずいた。

「その旨、署に伝えておきますので、冨久山さんからご家族に連絡なさるように言っておいてください」
　二、三度首をかしげてから、川平が自転車にまたがった。
「でも、駐在さん。家出人の捜索願なんて山ほどあるでしょうに、なぜわざわざ？」

「署長が直々に電話をかけてこられて、絶対に捜しだしてくれと命令されましてね。なんでもこの冨久山さんという方は、日本有数の宮大工さんの跡取りということで、かけがえのない存在なのだそうです。それでわたしも、地震が気になるのに仕方なく……」

　言いかけて川平はあわてて、手のひらで口をふさぎ、自転車にまたがった。

「お騒がせしました」

　くすりと笑って、美咲が背中に声をかけた。

　宿の中に戻ると、冨久山は客室の建具を調整していた。

「冨久山さん、すぐおうちに連絡してください。さっき駐在さんが来られて、ご自宅から行方不明者届が出ていると言ってましたよ」

美咲が廊下に座りこんだ。

「いつものことですから気にしてもらわなくていいです。僕がちょっと長旅に出ると、いつも出すんですよ。宮大工の仕事から逃げるんじゃないかと、怖れているんです」

冨久山はあわてる様子もなく、平然と言ってのけた。

「でも、心配なさっているんだから、とにかく連絡してあげたほうがいいですよ」

「携帯電話は持ってないですから」

「じゃあわたしのを使ってください。無事だってことだけ伝えればいいじゃないですか」

「ご親切にありがとうございます。じゃ、失礼してお借りします」

根負けしたように、冨久山は美咲の携帯を取って番号をプッシュした。

「僕です。伊豆にいますから心配しないで」

相手が電話に出たのか、留守番電話なのかも分からないほど素っ気なく話して、冨久山は美咲に携帯を返した。

「しないよりはましか」

あきれたような顔で美咲は肩をすくめた。

形だけであっても、川平巡査との約束を果たし、厨房の様子を見に行くと、無残な姿をさらす食器の山を前にして、源治は途方に暮れていた。

「思うたよりようけ割れとったな」

ひとりごとのように源治が言った。

「何枚か割れた、なんてよく言えたわね。何枚か残った、でしょ？」

美咲は無疵《むきず》だった食器だけを集めて、食器棚に戻しはじめた。

「今夜の予約は何人入ってるんだ」

「六組十五人だったけど、さっきの地震で三組キャンセルになったから、このままいけば三組で八人」

予約台帳を見ながら美咲が答えた。

「どうせなら全部キャンセルになりゃいいんだが」

「父さん、なんてこと言うのよ。ただでさえ売上が落ちているのに、これ以上お客さまが減ったら完全にお手上げよ」

美咲が両頬をふくらませた。

「もうとっくに手を上げちまってるけどな」

源治は両方の手のひらを天井に向けた。

「船盛りの器も全滅ね。これだけバラバラに割れたら修復不可能だわ」

美咲が木片をゴミ箱に放りこんだ。

「たしか今夜、船盛りをリクエストしてるお客さんがいたはずだぞ」

「伍代《ごだい》さんね。でもおかしいわね。おひとりってなってるから、何かの間違いじゃないかしら。ひとり分のお造りで船盛りにはできないし」

予約台帳を開いて、美咲が首をかしげた。

「また恵が間違って書いたんだろう。ほんと、いい加減なやつだ」

開き終えた鯵を、源治が冷蔵庫に仕舞った。

「普通の神経をしてたら、飛んで帰ってくるのにね。宿のこともわたしたちのことも、なんにも心配してないんだから」

美咲が唇をとがらせた。

「どうせ東京で旨いもんでも食い歩いてるんだろう」

「市場調査だとかなんとか言って、ただご馳走を食べてるだけじゃん。どうせならその経験を宿の料理に生かしてくれればいいのに」

「あいつは魚の扱いは好きだけど宿の仕事が好きじゃないからな」

何ごともなかったように平然と源治が大根のかつら剝《む》きを始めた。

「じゃ、父さんの代でこの宿は終わり、ってこと？」

「お前がいいムコさんでももらってくれりゃ、話は別だけどな」

「今どきうちみたいな貧乏旅館に来てくれる、おムコさんなんているわけないわよ」

美咲はそう言いながら、太田純一《おおたじゅんいち》のことを思いだして、片付けの手を止めた。

明彦と美咲、そして純一の三人は小学校からの仲良し三人組で、やんちゃな明彦に対して、純一は成績もよく、運動もよくできる、いわゆる文武両道の子どもだった。釣りをしてもたいていは純一のほうが釣果は上で、明彦はいつも悔しがっていた。

中学に入ったころから、美咲は純一に恋心を抱きはじめ、純一もまんざらではなかったようだ。間を置かず交際へと発展していった。

歳を重ねるごとにたくましくなる純一に美咲は夢中になった。高校へ入ったころには恋人どうしと誰もが認めるほどになり、親の反対もなく、明彦をはじめとして、周囲もあたたかく見守ってくれた。

伊東の街へ遊びに出かけるときも、必ずといっていいほど明彦も一緒で、美咲は少し物足りなさを感じていたが、はにかみ屋の純一にとっては、そのほうが居心地がよさそうだった。

高校一年生の夏休み、はじめてふたりだけで伊東へ行き、映画を観たのが最初で最後のデートになった。

九月二十三日。秋分の日ということで、久々に『海近旅館《うみちか》』も賑わいを見せ、美咲も手伝わされた。台風が近づいていたせいで海は荒れていて、波打ち際で遊ぶ人たちは、波が押し寄せるたびに歓声をあげ、服が濡《ぬ》れることを愉しんでいるようだった。

昼少し前、子どもがおぼれたという話が聞こえてきた。美咲は急いで海に向かったが、すでに救急車が到着していて、大きな騒ぎになっていた。前夜、『海近旅館』に宿泊した家族連れは三組で、小さな子どもは五人いた。もしやその中のひとりではと案じていると、

「子どもは助かったぞ」

大きな声が聞こえてきて、美咲は愁眉を開いた。

何年かに一度は犠牲者が出るのだが、そのたびに対策会議が開かれ、妙案が出ることもなく、結局は注意喚起を促すしかない、で終わる。とにもかくにも犠牲者が出なかっただけで良しとしなければ。

だが、まさか、という事態は突然起こるのだということを、安堵の直後に美咲は思い知らされた。

子どもは助かったが、救助に向かった純一が犠牲になった。その事実を事実として認めるまでに丸一年掛かった。

一周忌を迎え、『松月院《しょうげついん》』に眠る純一と向かい合ったとき、もう二度と会えないことを自分に言い聞かせた。以来、祥月命日には欠かさず『松月院』を参っているのだが、壁掛けカレンダーを見て、ちょうど明日がその日だということに、少しばかり驚いた。

けっして忘れていたわけではないが、時の移ろいとともに哀《かな》しみが薄れてゆくのもたしかなことだった。

「またひと組キャンセルが入ったぞ」

ファックスを横目にして、弾んだ源治の声は嬉しそうにも聞こえた。

「てことは、ふた組四人。辛いなぁ」

「四人なら器も揃う。大丈夫だ」

美咲は深いため息をついた。

2

この日の泊まり客は結局ふた組で四人になった。ひと組は初めての客で親子三人連れ。といっても八十五歳の父親を連れた六十代の夫婦。三人ともが魚好きで、海辺の旅館を泊まり歩いているらしい。昨夜は下田の旅館に一泊したようで、かなりの高級旅館だ。

「あそこと比べられても困るよね」

料理の打ち合わせをしながら、美咲が源治に言った。

「向こうはうちの倍の料金取っとるから、こっちは気楽なもんよ。客もそのへんはよう分かっとるやろ」

開き直ったような源治の言葉に、美咲は苦笑いするしかなかった。

もうひと組は常連客のひとり旅だ。といっても以前は夫婦ふたり旅だったが、今回は伍代重子《しげこ》のひとり泊まり。人もうらやむおしどり夫婦だったから、離婚などではないはずだ。おそらくは死別だったのだろう。

そういう客は少なくない。夫婦ふたりで泊まった宿に、残されたほうがそのころを懐かしんで泊まりにくる。だが、たいていは予約のときにその話はしない。哀しみを背負って泊まりにくることを、事前に知られたくないのだろう。

「旨いもんを食うて、元気になってもらわんとな」

源治は我が身に重ねているようだった。

三人組はタヱが受け持つことになり、美咲は伍代重子に付いた。しばらく泊まり込むことになった冨久山は、まかない食がいいとのことだったので、宿の夕食は五人分を用意した。

夕方遅くにチェックインした重子は、特にやつれた様子もなく、軽い足取りで部屋に入った。

「美咲さんとは何年ぶりになるのかしらね」

重子が窓を開け、潮風を受けながら美咲に顔を向けた。

「わたしがまだ高校に通っていたころですから……」

美咲が指を折った。

「主人があなたのことをずいぶんと気に入ったみたいで、あなたの姿が見えないとがっかりしていましたよ」

そのことはタヱからも聞かされていた。美咲が東京の大学に行き、就職しているあいだも、伍代夫婦は幾度も『海近旅館』を訪れていて、必ず美咲の消息を訊ねていたという。

「息子の嫁にしたいといつも言ってました」

「ありがとうございます」

薄い記憶ながら、伍代の面影は脳裏に残っている。細面の白髪で、いつも仏頂面をしながら、何もかもをリードしていた。重子は逆らうこともなく黙ってそれに従い、いかにも昔かたぎの夫婦だった。

その消息を自分から訊くべきなのか、重子が言いだすのを待ったほうがいいのか。母の房子ならどうしただろう。

お着きのお菓子と茶を出しながら、美咲は母の顔を思い浮かべた。

潮風とともにしばらく静かな時間が流れ、ようやく重子が口を開いた。

「ちょうど一年前かしら。亡くなる直前にも、あなたのことを懐かしんでいましたよ」

「お亡くなりになったんですね。ご愁傷様でした。ちっとも存じ上げずに」

美咲が両手をついた。

「突然だったんですよ。何もかも、あの人に頼りきりだったから、ずっと何もできずにいて。やっと少し落ち着いたので、久しぶりに旅をしようかと思い立ちましてね」

重子が座敷机に写真立てを置いた。

「いいお顔をなさってますね」

美咲が写真に手を合わせた。

「そういうわけで、ひとりなのに船盛りをお願いしたのですよ。あの人はこちらの船盛りが大好きでしたから」

「申し訳ありません。その船盛りですが、今朝の地震で器が壊れてしまいまして、あいにく……」

「嘘でしょう。今日はそれが目当てで参りましたのに」

重子はがっくりと肩を落とした。

「おひとりのご予約でしたから、何かの間違いかと思ってしまって、代わりを用意しておりませんでした」

美咲が畳に頭を付けた。

「あの人はこちらの船盛りが大好きで、いつも愉しみにしてました。亡くなる間際にも、あの船盛りが食べたい、と申しておりましたので」

　重子は哀しい目で宙をみつめた。

「本当に申し訳ありません」

　美咲はただ謝るしかなかった。

「お父さん、今夜は船盛りが出てこないんだって。残念だったねぇ」

　重子がスタンドの写真に語りかけ、その目は薄らと潤んでいた。

　房子なら、どう対応しただろうか。美咲の頭の中には様々な場面が渦巻き、やがて小さな灯《あか》りを見つけた。

「まずはお風呂にゆっくりお入りください。その間にお食事をご用意いたしますので」

「そうさせていただきます」

　落ち込んだ表情のまま、重子は湯呑《ゆのみ》を茶托《ちゃたく》に置いた。

「浴衣とバスタオルはこちらの籠に入っております。小さなタオルはお風呂にご用意していますので」

　ゆっくりとふすまを閉めて、美咲は階段を駆け下りた。

「父さん、冨久山さん知らない？」

厨房に入るなり、美咲は大声を出した。

「裏の物置でごそごそしとったぞ」

魚をさばきながら源治が答えると、美咲は急いで物置に向かった。

「どうかなさったんですか」

息を切らして物置に飛び込んだ美咲に、工具の手入れをしていた冨久山は驚いたような顔を向けた。

「宮大工さんって、小さなものも作れたりします？」

美咲がおそるおそる訊いた。

「なんでもやりますが、小さなものってどんな？」

冨久山は腰かけていたスツールをくるりと回した。

「お造りを盛る、船型の木の器なんかはどうかなぁ、と思って」

「ああ、あれね。適当な木さえあれば作れますよ」

冨久山が笑みを浮かべて答えた。

「お願い。今すぐに作ってください」

「今すぐ、ですか。そう言われても作ったことがないからなぁ。白木と時間があれば作れると思いますが。でも、なぜそんなに急ぐんです？」

「お客さまの願いを叶《かな》えてあげたいんです」

美咲が事情を説明するのを聞いて、冨久山はすっくと立ち上がり、物置の棚を探しはじめた。

「たしか、さっき見たんだけどなぁ」

「何をですか?」

「これこれ、これがあれば作れると思います」

ほこりまみれになっていたスノコを手に取った冨久山は、息を吹きかけてほこりを払った。

「でも、それってお風呂で使っていたんですよ。汚くないですか」

「かんなで一層削れば問題ありません。いいヒノキですから立派な船ができますよ」

冨久山がスノコをこぶしでたたいた。

「一時間くらいで、って無理ですよね」

美咲が上目遣いに冨久山を見た。

「やってみるしかありませんね。ただ、どんな形なのかが分からないので、写真でもあれば」

「うちのパンフレットに載ってるはずです。あと、壊れた残骸がありますので、すぐに持ってきます」

「あと、朝お借りした大工道具と」

「分かりました」

美咲は勢いよく物置を飛び出した。

「父さん、伍代さんのお造りは船盛りにするから、そのつもりでね」

厨房に入って、美咲は源治に声をかけた。

「船盛りって、器がないんじゃないのか」

源治が怪訝そうに言った。

「冨久山さんに作ってもらってる」

宿のパンフレットを取りだした美咲は、駆け足で厨房を出ていった。

「いくら宮大工だからって、すぐに作れたりはせんだろう」

首をかしげながら、源治がひとりごちた。

いちおう料理旅館と銘打ってはいるが、『海近旅館』は高級旅館のように、ひと品ずつ料理を運ぶのではなく、最初からほぼすべての料理を並べておく。ひとり鍋のコンロは最初に火を点けるが、客の要望によっては、着火道具をあずけて、好きなときに点けてもらうこともある。

『初島』の間で料理を並べながら、『海近旅館』の料理を今後どうしていけばいいのか、美咲は頭を悩ませていた。

いつまでも船盛りに頼っている時代ではないだろうと思いながらも、時折りこうしたファンがいるから旅館料理というのは一筋縄ではいかない。

美咲の提案で、天ぷらと焼き物は出来たてを運ぶようにしているが、タイミングを計るのもけっこう難しい。口コミサイトで、料理の評価が極端に分かれるのも、そのせいだろうと美咲は思っている。

夕食時にどう接遇するかは特に決められていない。お酒を飲む客だと、酌を希望される場合もあるが、それもべったり付くわけではなく、最初の一本だけのことがほとんどだ。飲まない客なら、料理が始まるときと、終わったときの二度。仲居が顔を出すのはそれだけだが、サービスが悪い、と客からお目玉を食うこともある。逆にべったり付いていて、うるさがられることもあり、夕食時の接客は本当にむずかしい。いっそ食事処《しょくじどころ》を作ってしまおうかと思うこともあるが、昔ながらの旅館スタイルを続けたいという思いもある。

いずれにせよ、今のままの源治の料理を続けているうちは、お客さんは減ることはあっても増えることはない。シーズンオフに入るこれからが、料理を改革するいいチャンスなのだが、これといったアイデアが浮かばないのが悔しい。

写真立ての前にも、ひと通りの料理を並べ、ふたり分の食事を整え終えた。

やがて湯上がりの頬を火照らせながら、重子が風呂から戻ってきた。

「いいお湯でした。こんなに長湯したのはいつ以来かしら」

首筋の汗を拭った重子は、料理を見まわした。

「温泉じゃないんですけど、うちのお湯はよくあたたまる、って皆さんおっしゃいます」

美咲が正座した。

「主人の分も作ってくださったんですね。ありがとうございます」

重子が座布団を外して、深々と頭を下げた。

「これくらいのことしかできなくて」

美咲が写真を見つめた。

「こうしてお風呂上がりにすぐお料理がいただけるのは、本当にありがたいことですね」

誰かに語りかけるように重子が言った。

「お飲みものはどういたしましょう」

「主人が好きだったビールをいただこうかしら」

重子が写真に目を遣った。

「承知しました」

美咲は窓際に置かれた冷蔵庫からビールを取りだし、グラスをふたつ座敷机に置いた。

「どうぞ」

重子の持つふたつのグラスにビールをゆっくりと注いだ。

「やっと来れましたね」

重子が写真立ての前にグラスを置いて、献杯をした。

「お揃いでお越しいただき、ありがとうございます」

写真立てに一礼して、美咲が改めて礼を述べた。

「どれも美味しそう」

箸を持って、重子が料理を順に見まわしている。

「お造りはのちほどお持ちします。とっておきの魚があるようで、父が今さばいております」

「愉しみにしてます」

先付の小鉢を手にした重子は、その言葉とは裏腹に、沈んだ表情を隠そうとしない。船盛りのないことがよほど残念なのだろう。

階段を駆けおりた美咲は、厨房の片隅で作業する富久山の元に走り寄った。

「すごい。もうできあがりそうじゃないですか」

美咲が目をみはったのも無理はない。小ぶりの船は神棚に祀《まつ》っておきたいほどの出来栄えで、造りを載せるとバチが当たりそうなのだ。

「船のほうはできあがったんですが、お造りを載せるスノコがちょっと厄介なんです」

冨久山が顔を曇らせた。

「凝った細工をしてくれてるんだよ。スノコの下に氷を敷けるように、とか、刺身のツマが隙間から落ちないように、とか、いちいち細かいんだ」

嬉しそうな顔をした源治が冨久山の手元を覗きこんだ。

ふたりがじっと見守るなか、木槌とカンナを交互に使い、冨久山は仕上げにかかった。

「これでどうですかね」

スノコをはめこんで、冨久山が源治に手渡した。

「さすが宮大工さんだ。なんだか神輿《みこし》みたいだな」

源治が肩に載せた。

「器に負けないようなお造りを載せてね」

美咲が釘《くぎ》を刺した。

「女将さん、筆ペンありますか」

「ええ、ありますよ」

引き出しを開けて、美咲が筆ペンを取り出した。

「そのお客さんの名前はなんて言うんですか」

冨久山が美咲に訊いた。

「伍代重子さんです」

「じゃ、〈伍代丸〉にしましょう」

名刺よりひとまわり小さな木札を手に取って、冨久山が筆ペンを走らせた。

「達筆なんですね」

「これも仕事のうちです」

もしも冨久山がいなかったら。尊敬のまなざしを向けながら、美咲にはそれを考える余地すらなかった。

「上がったぞ」

源治が造りを盛り終えた。

「これまでの船盛りと全然違う」

美咲が満面に笑みを浮かべた。

「馬子にも衣裳《いしょう》ってやつだ」

源治は照れ笑いを浮かべた。

船の舳先《へさき》に名札を立て、美咲は船盛りを手に勇んで階段を駆け上がった。

「お待たせしました。本日のお造り盛り合わせです」

少しばかりおどけた調子で、美咲は写真立ての前に船盛りを置いた。

「え？　今日は船盛りはできないって、さっき……」

重子は目を丸くしている。

「ご主人が愉しみにしてらっしゃったと聞いて、うちの神さまが作ってくれました」

「まあ。こちらには神さまがいらっしゃったんですか。ちっとも存じ上げずに。でも、ありがたいことです。きっと主人も喜んでいると思います」

重子が船盛りを写真立ての正面に置いて、手を合わせた。

「どうぞごゆっくり」

肩の荷をおろして、美咲は片膝をついた。

「せっかくですから、日本酒をいただこうかしら」

重子の顔が急に明るくなった。

「どんなのがよろしいでしょうか。辛口か甘口か」

美咲が座りなおした。

「あまり詳しくないのでお奨めがあればそれをお願いします」

「では静岡の『開運』などいかがでしょう」

「運を開く。いいですね。じゃあそれをお願いします」

「燗をおつけしますか」

「はい。でも、あまり熱くしないでくださいね」

「承知しました」

短いやり取りを繰り返して、美咲は胸を弾ませながら『初島』をあとにした。

旅館の仕事をしていて、生き甲斐を感じるのは、こうしてお客さんに喜んでもらえたときだ。それもみんな冨久山のおかげなのだが。

「どうでした？　喜んでもらえましたか」

階段の下で冨久山が待ち受けていた。

「冨久山さんのおかげです」

いきなり美咲に抱きつかれて、冨久山は顔を真っ赤にした。

「よ、喜んでもらえて何よりです」

しどろもどろになりながら、冨久山は美咲から離れた。

「すみません。あまりに嬉しかったものですから、つい失礼なことを……」

後ずさりして、美咲はちょこんと頭を下げた。

「いえ、失礼だなんてことはありません」

冨久山も美咲と同じ仕草をした。

「ほらほら、そんなとこで何やってんだ。次の料理が上がったぞ」

籠に盛った天ぷらを手にして、源治が厨房から出てきた。

「『開運』をぬる燗で一本、『初島』で注文いただきました」

「あいよ。熱いうちに天ぷら持ってけ」

「はい」

籠盛りを受け取った美咲は、冨久山に目配せしてから階段を駆け上がった。

美咲は複雑な感情を持て余していた。なぜいきなり冨久山をハグしてしまったのだろう。好みのタイプとはまったく違うことが、妙な安心感につながったことは否めない。

だが冨久山に抱きとめられたときに、不思議な安心感を覚えたこともたしかだ。

「どうかなさいました？」

徳利を持ったまま窓の外を見つめる美咲に、重子が心配そうな顔で訊いた。

「すみません。ちょっと考えごとをしてしまって」

美咲はあわてて重子の杯に酒を注いだ。

「あなた、まだおひとりなんでしょ？　若いうちはいろんな経験をするのも悪くないことよ」

飲みほして重子が美咲に杯を奨めた。

「ありがとうございます。仕事中なので一杯だけ」

胸の内を見透かされたような恥ずかしさもあって、美咲は重子と目を合わすことなく杯を受け取った。

「わたしたちのこと、どんなふうに見てらした？」

目の周りをほんのり紅《あか》く染めて、重子が訊いた。

「素敵なご夫婦だと思いました。ご主人がリードされて、奥さまはそのあとをついて行かれて。理想のご夫婦ですよね」

「ひとから見れば理想かもしれませんけど、主人が亡くなってみると、あれは間違いだったような気がするんです」

重子が遠い目をした。

何がどう間違いなのか。怪訝な顔つきの美咲に重子が言葉を足す。

「何もかも主人に頼りきっていたせいで、急に主人がいなくなったら、何をどうしていいのか分からなくなってしまって。なにもする気が起こらないまま、時間だけが過ぎていってしまいました。わたしが口をはさんだり意見を言うことを好まない主人でしたので、それに合わせるほうが楽だったんです。今から思えば愛情が薄かったのかもしれません。今さら気付いたって遅いんですけどね」

写真を横目にしながら、重子が深いため息をついた。

「夫婦って難しいものですね」

美咲が杯を返した。

「旦那さまを選ぶときは慎重にね」

重子が目で笑った。

「はい。心します。お食事が終わられたらお電話ください」

美咲は片膝をついて立ち上がった。

長い長い一日がようやく終わろうとしている。

タエと短い打ち合わせを済ませ、源治に明日の予定を告げて、美咲は別棟の自室に戻るなり、大の字になってベッドに倒れこんだ。

朝からのあれこれが頭の中で渦を巻いている。

それにしても、重子はなぜ唐突に夫婦の話などしたのだろう。

純一を亡くして以降、美咲は恋らしい恋をしたことがない。明彦に対して恋心を抱いてもおかしくないのだが、純一の姿が消えていないことを、美咲も明彦もよく分かっているから、ふたりの距離が縮まることはない。

眠いのか眠くないのかすら、よく分からない。自分の身体でありながら、手足の先にまで意志が及ばない。心地いいような苦しいような、暑いような寒いような、何かから何までよく分からないうちに睡魔に負けてしまった。

案じていた余震もなく、朝からの疲れもあって、深い眠りに就いていた美咲の夢枕に立ったのは純一だった。

亡くなったその日の夜から、何度も夢に出てきた純一だが、この夜はそれまでと違って、何かを訴えようとしていた。そしてそれが別れを告げようとしているのだと気付いた美咲は、必死で追いかけるのだが、海に向から純一はどんどん遠ざかってゆく。

夢うつつというのは、まさにこういうことを言うのだろう。目覚めようとしても自由が利かない。泣き叫ぼうとするのだが声は出ない。

びっしょりと寝汗をかいて、目が覚めたのは夜が明けたばかりの時間だった。

金縛りに遭った記憶はないが、身体中が凝り固まっていて、起き上がるのが辛い。

ぼんやりと天井を眺めながら、美咲は昨夜の夢を振りかえった。

重い身体を横にした美咲は、枕もとの目覚まし時計を見て飛び起きた。

「遅刻しちゃった」

急いで身支度を整え、厨房に入った途端、源治の怒鳴り声が耳に響いた。

「遅いじゃないか。何しとったんだ」

「ごめんなさい」

美咲はただあやまるしかなかった。

「はやく干物を炙《あぶ》れ」

「はい」

眠い目をこすりながら、美咲は冷蔵庫から鯵の開きを四枚取りだした。

「弱火にしといて、伍代さんの布団を上げてこい」

「はい」

言われたとおりに火加減をして、美咲は階段を駆け上がった。

「おはようございます。お布団を上げに参りました」

「どうぞ」

「失礼します。よくおやすみになれましたか」

『初島』に入った美咲は、型どおりの挨拶をした。

「久しぶりにぐっすりやすめました」

鏡台の前に座った重子は化粧を終えたばかりのようだった。

「すぐに朝食をお持ちしますね」

畳んだ布団を押し入れにしまって、美咲は『初島』を出て厨房に駆けこんだ。

「干物、こがすんじゃないぞ」

だし巻き玉子を焼きながら、源治が美咲をにらんだ。

「冨久山さんは？」

「気になるところがあるとか言って、朝早く出ていった」

源治が仏頂面で答えた。

焼きあがった干物を皿に載せて運び盆に並べていると、玄関の引き戸を開ける音がした。

「帰ってきたのかな」

美咲は厨房を出た。

「いい匂いがしてるな。朝飯作ってくれるか。ふたり分」

玄関先で靴を脱いでいるのは、冨久山ではなく兄の恵で、表に見知らぬ若い男性が背中を向けて立っている。

「東京の友だちを連れてきたんだ。今日からしばらく泊めてやってくれ。布団部屋でいいからさ」

「布団部屋はだめなのよ。ほかの部屋でもいいでしょ」

美咲は板間に正座した。

「安くしてやって欲しいんだ。世話になってるから。トモ、妹の美咲だ。いちおう若女将だ」

恵が呼び寄せた。

「恵さんの友人で白波瀬《しらはせ》智也《ともや》といいます。突然で申し訳ないのですが、どうぞよろしくお願いいたします」

色あせたダメージジーンズに白いTシャツ姿の智也が美咲に一礼した。

「こんな古びた旅館ですが……」

顔を上げた智也を見るなり美咲は顔を曇らせた。

黒々と日焼けした顔、まっ茶色の髪。両耳にぶらさがるピアス。どこからどう見ても遊び人だ。挨拶だけはしっかりできたのが救いだが、兄の友人としても、旅館の客としても、歓迎する気持ちにはなれそうもない。

「美咲、はよう持っていかんか」

厨房から出てきた源治も智也を見るなり顔をしかめた。

美咲のおすすめ宿厳選8軒

みやじまの宿 岩惣

no.4

世界遺産の宮島《みやじま》で一夜を過ごせる。そんな夢のような話を聞いて、行かないわけにはいきません。久しぶりに休みを取って、宮島へ向かったのはこの夏前のことでした。

紅葉が名物なので本当は秋に行きたかったのですが、『海近旅館《うみちか》』でも最近は秋に来られるお客様が多いので、シーズンオフにしたのです。

泊まったのは『岩惣《いわそう》』という宿で、長い歴史に培われてきた佇《たたず》まいが見事です。

宮島の紅葉を愛《め》でるなら、もみじ谷に限ると言われ、その谷の入口に建っているのが『岩惣』なんです。安政元年創業だそうですから、百六十年を優に超える歴史を誇っている、老舗中の老舗旅館ですね。

古風で控えめな玄関の前では、鹿が遊ぶ長閑《のどか》な光景が繰り広げられ、それを横目にして館内に入ると、まるでむかしの旅籠《はたご》のようです。

『岩惣』の客室は、本館、新館、はなれと大きく三つに分かれていますが、今回ははなれの一つ〈洗心亭〉に通していただきました。ひとりでは贅沢《ぜいたく》過ぎますが。

七十年ほど前に建てられた、数寄屋造りの建家は最近リニューアルされたそうで、伝統建築ですが内風呂も付いていて快適に過ごせます。

とても贅沢な空間なんですが、ただ

広さだけを誇るものでも、最新式の設備を売り物にするのでもないのです。本間八畳という控えめな間取りだからこそ、その本物感が際立ちます。なんとかうちでも真似《まね》できないかと、ずっと思いを巡らせていました。

　せせらぎの音が聞こえ、鳥のさえずりが重なる。秋の日差しを受けて、鹿がおっとりと木々の間を歩く。理想的な旅館ですね。

　部屋の内風呂もいいのですが、この宿には温泉も湧いているというので、新館地下の温泉大浴場へ足を運んでみました。世界遺産の只中《ただなか》で温泉を愉《たの》しめるなんて、贅沢の極みですね。

　露天風呂も備わった温泉で、ゆっくり手足を伸ばしたあとは、はなれの部屋でゆっくりと夕食をいただきました。宮島名物の牡蠣《かき》や穴子をはじめ、瀬戸内の豊潤な幸が主役です。やっぱり海の傍《そば》の旅館はこうでなくっちゃ。

　こんな老舗旅館なのに、若い女将《おかみ》さんがとってもフレンドリーで、女ひとりで泊まっているせいもあって、なにかと気を配ってくださったのも嬉《うれ》しかったです。つかず離れずの接客も大いに参考になりました。いつかこの女将さんにも泊まりに来てもらえるような宿にしよう。そう思いながら深い眠りに就きました。

『みやじまの宿　岩惣』

住所：広島県廿日市市宮島町もみじ谷　電話：0829-44-2233

第五章　智也の寿司

1

人を外見で判断してはいけない。母から何度もそう聞かされていたから、予断を持たないようにしようと思いながらも、美咲の不信感はなかなか消えない。それほどに智也の風体は強烈な印象を与えた。

「白波瀬智也と言います。恵さんのお言葉に甘えて参りました」

源治に挨拶する智也は、その外見とは裏腹に至極まともな言葉遣いをする。

「智也はサーファーなんだ。宇佐美の波が気に入ってるらしい。しばらくうちに泊めてやろうと思ってさ」

恵が靴を脱いで板間に座りこんだ。

「うちみたいな安宿でいいのかい。なんならもうちょっと洒落たホテルを紹介しますけど」

源治は、智也の持つ小ぶりのブランドバッグに目を留め、やんわりと宿泊を拒んだ。

「長逗留《ながとうりゅう》になるかもしれないから、うちくらいの安宿がいいんだ。な、智也」

「ええ。今は失業中みたいなものなので、安いほうがありがたいんです」

「ま、どうぞお上がりください」

しぶしぶといったふうだったが、源治の言葉にようやく智也の顔がほぐれた。

「ありがとうございます」

靴を脱いで智也が恵の隣に座った。

「荷物はそれだけですか?」

「でかい荷物があるんだけど、それは車に置いといていいんだよな」

恵は意味ありげな視線を智也に向けた。

「はい。家財道具一式を積んでますから、車を倉庫代わりにしています。置きっぱなしでもご迷惑でなければ」

「駐車場だけは広いから、ぜんぜん迷惑じゃないよ。な、オヤジ」

「一度も満車になったことのない駐車場ですから、気にせんでもええですよ」

「めでたく商談成立ってことで、まずは朝飯だ。ふたり分くらいなんとかなるだろう?」

片膝をついて恵が立ち上がった。

「大した朝飯じゃないが、飯と味噌汁、干物くらいでよければ」

源治が無表情に答えた。

「急なことで申し訳ありません」

智也が頭を下げると、源治は軽くうなずいた。

「部屋はどこが空いてる?」

恵は階段のほうに目を遣った。

「たしか『富戸』の間なら、しばらく予約が入っとらんはずだ」

「階段を上がって右の奥から二番目の部屋だ。俺は飯の用意するから、部屋で待っててくれ」

恵が階段の上を指さした。

「なにか手伝おうか?」

バッグを小脇に抱えて智也が恵に向き直った。

「いいよ、智也はお客さんなんだから」

「じゃ、今日のところは甘えとくよ。まだ勝手も分からないからな」

バッグを肩にかけて、智也は軽い足取りで階段を上がっていった。

「何が飯の用意だ。宿の飯なんか作ったこともないくせに」

智也が階段を上がりきったのを見て、源治が吐きすてるように言った。

「そう言っとかないとカッコつかないじゃないか。智也には『海近旅館《うみちか》』の主人だって言ってあるんだからさ」

恵が舌を出した。

外向きには若主人ということになっているが、恵は宿の主人らしき仕事はほとんどしていない。魚にくわしいこともあって、料理はそこそこできるのだが、なにせ気まぐれな性格なので、板場をまかせることはできない。恵に宿を継がせたくないと思っているのは源治も同じだろう。

その恵の友人だという智也は外見こそ遊び人ふうだが、言葉遣いといい立ち居振る舞いといい、亡くなった純一とどこか似ている。

「ま、すぐボロが出るだろうがな。ところで智也って人は何ものなんだ？　まさかサーフィンで飯食ってるわけじゃないだろう」

源治が厨房に向かうと、恵はその後を追い、美咲は伍代重子の部屋へ急いだ。

「チャラそうに見えるけど、智也は一流の料理人なんだぜ」

「チャラいのはお前のほうだ。たしかに見た目にはいい印象を持てんが、あの智也って人は言葉遣いもちゃんとしてるし、お前の友だちの中では一番しっかりしている。料理人ってことは、どこかの店に勤めてるのか？」

源治が鯵の干物を二枚火にかけた。

「流れの板前っていうとこかな。和洋中なんでもこなせるから、飲食店の立ち上げを手伝うのが主な仕事なんだ。修善寺や下田の新しい旅館にも手伝いに行ってたみたいだぜ」

恵は鍋の味噌汁をかきまぜている。

「智也さん、たしか苗字は白波瀬って言ったよな」

「それがどうかした？」

「いや、『屋代や下田』がオープンしたときにな、川奈旅館組合も招待されて、わしが代表で行ったんだが、料理が旨いのにびっくりしたんだ。そのときに向こうのマネージャーが、料理人の名前をたしか白波瀬って言っとったような気がする」

「だったら、たぶん智也だ。銀座の外資系高級ホテルのオープンも手伝ったって言ってたから腕はたしかなんだ」

「お前とはどういう付き合いなんだ」

源治が干物を裏返した。

「半年ほど前だったかな。西麻布で飲み歩いているときに出会って親しくなった」

恵が炊飯器からご飯をよそった。

「うちで仕事してくれんかな」

源治の言葉は冗談とも本気とも、どちらにも取れる言い方だった。

「けっこうなギャラらしいから、うちじゃ無理だな」

恵がさらっと言い放った。

「ま、うちと屋代が同じ土俵に上がれるわけないわな」

源治が寂しげに言って、焼きあがった干物を皿に載せた。

「早く飯を持っていかんか。冷めると旨くないぞ」

源治が顎で盆を指し、ぶっきらぼうに言った。

運び盆の上には、白飯と味噌汁、鯵の干物と漬物、味付海苔と納豆が載り、味噌汁からは湯気が立ち上っている。

「飯のお代わりはあるよな」

両手で盆を持った恵が振り向いた。

「お櫃に入れとくから持ってけ」

源治がぶっきらぼうに言った。

伍代重子の傍らに控え、お櫃の白飯をよそおうとして、美咲はしゃもじを取り落とした。

「どうかなさいました?」

重子が心配そうに美咲の顔を覗きこんだのは、これが三度目の粗相だからである。

「お皿から干物を落としたり、電気スタンドのコードに足を引っかけて転びかけたり、美咲さんらしくありませんね」

座布団の横からしゃもじを拾い上げて、重子が美咲に手渡した。

「申し訳ありません」

美咲は両手をついて額を畳に近づけた。

「いえ、怒ってるのではありませんよ。何か心配ごとでもあるのかと思って」

重子の言葉に、美咲は自分でもわけが分からなかった。

「お客さまにご心配をかけてしまうようでは、女将失格ですね」

そう答えながら、動揺のわけを探ってすぐ智也に行きついた。

風貌こそまったく違うものの、その所作や言葉遣いが純一によく似ているのだ。だからどうだということはない。ないと思ってはいるのだが、自然と心が乱れてしまう。

「若いうちはしかたがないことです。ちょっとしたことで胸が騒いだり、心が乱れたりする」

美咲の肩に手を置いて、重子が小さく笑った。

「おしゃもじ洗ってきます。少しだけお待ちください」

美咲は心を整える時間を作った。

しゃもじだけをしっかり握って、美咲はゆっくりと階段を降りていく。

「なんだ、そのしゃもじ」

鍋を洗っていた源治が、蛇口を止めた。

「落っことしちゃったから、洗いにきたの」

源治と顔を合わせることなく、美咲は蛇口をひねった。

「新しいのを持ってけ。いくら洗いたてだと言っても、お客さんにとっては落ちたしゃもじに変わりはない。これならまっさらだから気持ちがいい」

引き出しから源治が取りだしたしゃもじは、宮島みやげだといって、明彦がくれたときのまま、白い紙袋に入っていたものだ。

「じゃ、そうする」

相変わらず目を合わせないまま受け取って、美咲は階段を三段上がったところで、ふとその足を止めた。

落としたしゃもじをいくら洗ったとしても、落としたしゃもじに変わりはない。源治の言葉が胸のなかで何かを小さく弾けさせた。

『富戸』は六畳ひと間の小さな客室だが、窓側に広めの板間があるせいで、狭苦しさは感じない。座敷机をはさんで、ふたりの男がむさぼるように朝食を食べるさまは、シュールな光景と言えなくもない。

「この干物はオヤジさんが作ってるのかい？」

「いつも自慢してる。ひまだからな。それに買うより安上がりだろ？」

「今の時代、手間を考えたら買ったほうが安いよ。既製品じゃこの旨みは出ないけどな」

智也は手づかみで骨際の身をしゃぶっている。

「干物なんてどれも同じじゃないのか」

半分以上も身を残したまま、恵は干物の載った皿を端に追いやった。

「それ、もらってもいいかな」

「いいけど」

それを見て智也が手を伸ばした。

「だってオヤジさんそんなに干物が好きなんだ」

「だってオヤジさんに申し訳ないじゃないか。せっかく焼いてもらったのに、半分以上も残しちゃ。メグさんも料理を作る側の身にならなきゃ」

「面倒くさいんだよな。小骨があるしさ。あと、手を使うと臭くなるじゃん」

恵が両手の指の匂いを交互に嗅いだ。

「メグさんは肉好きだもんね」

青菜の漬物を白飯に載せ、智也は急須の茶を注いだ。

「智也がお茶漬けを食べるのって初めて見た気がする」

恵が目を見開いた。

「ご飯を残さずさらえるにはお茶漬けが一番。和食ってよくできてるんだ」

智也は音を立て、箸先で茶漬けをさらえた。

「ご飯はまだまだあるぞ」

恵がお櫃の蓋を取って見せた。

「そんなには食べられないよ。もうおなかいっぱい」

智也が腹をさすった。

「田舎の旅館だから、こんな飯しか出せないけど。その代わりうんと安くしとくからな」

「いいお米使ってるし、味噌汁もいい味だ。干物なんて下田の高級旅館よりずっと美味しい。メグさんちの旅館はいい宿だよ」

智也が箸を置いて手を合わせた。

「お世辞なんか言わなくてもいいって」

そう言いながらも、恵はまんざらではないようで、やわらかい笑顔を作った。

「僕がお世辞を言うようなタイプじゃないことは、メグさんが一番よく知ってるでしょ」

「そうそう、智也は『屋代や下田』のオープンも手伝ったんだって?」

照れ隠しなのか、恵は話題を急に変えた。

「『屋代リゾート』はギャラがいいからね」

智也がにこりと笑った。

帰り支度をはじめた重子を『初島』に残し、廊下に出た美咲は『富戸』から聞こえた『屋代リゾート』という言葉に反応し、立ち止まって聞き耳を立てた。

しばらく泊まっていくような話をしていたが、ふたりはどうやら朝食を食べ終えたばかりらしい。

「屋代ではどんな料理を作ったんだ？」

「下田のときは和食だったかな。総料理長が考えたメニューを僕が作る。いつもそんな感じだよ」

「懐石コース？」

「メインは懐石だけど、あそこは滞在客も少なくないから、連泊客向けにアラカルトも作った。寿司《すし》や天ぷら、鍋料理までなんでもありだ」

廊下で立ち聞きするなど品のいい話ではないが、話の続きが気になる美咲は、息をひそめてふすまのすき間から洩れてくる声に耳を澄ませている。

「ホント、トモは器用なんだなぁ。オヤジがうちを手伝ってくれんかなぁ、って言ってたぞ」

「いいよ。僕でよければ」

智也があっさり承諾したのに、恵は驚いて茶を噴きだしたようだ。ふすま一枚隔てた美咲も恵以上に驚いている。

「ごめんごめん。あんまり驚いたものだから」

恵が畳を拭く様子が、美咲には手に取るように分かる。

「うちは屋代のところみたいなギャラは出せないぜ」

「そんなの気にしなくていいよ。こういう昔ながらの旅館料理も気になってたし、何よりこんなに干物をていねいに作るオヤジさんの仕事も見てみたいからな」

恵と智也のやり取りを聞いて、美咲は胸が張り裂けそうになった。

ひとつ屋根の下で、いきなり仕事仲間になる。そんな智也に対してどんなふうに接していけばいいのだろう。

「すみません」

重子の声が背中から聞こえてきて、美咲は我に返り、『初島』に戻った。

「お勘定はこちらでよろしいかしら。それともお帳場で？」

「ありがとうございます。もうご出立なさいますか?」

「ええ。きっと主人も満足したでしょうから」

「ご満足いただけたようで何よりです」

美咲は、風呂敷に包まれた額に一礼した。

重子ら泊まり客がチェックアウトしたあとの『海近旅館』には、のんびりした空気が流れている。玄関先を掃きながらも美咲の頭からは智也のことが離れない。

「ただいま」

後ろ手にガラス戸を閉めて、冨久山は美咲に笑顔を向けた。

「お帰りなさい。どこへ行ってらしたんですか」

「近くを散歩してきました」

玄関戸の建て付けをたしかめてから、冨久山は靴を脱ぎ、厨房に向かった。

「ちょうどいいとこに帰ってきてくれた。この食器棚の扉が勝手に開くんだが、直らんかな」

源治は食器棚の扉にガムテープを貼っていた。

「これも地震の影響でしょうね。直ると思いますよ」

厨房の隅に行くと道具箱を傍らに置いて、冨久山はビール箱の上に立った。

「冨久山さんがいてくれると助かるわ」

腕組みをした源治は、冨久山の作業を見守っている。

「ごちそうさまでした。久しぶりにゆっくり朝ご飯をいただきました」

運び盆を両手で持って、智也が厨房に入ってきた。

「すまんなぁ。お客さんに片付けをしてもらって。恵は何をしとるんだ」

盆を受け取って、源治が顔をしかめた。

「スマホをいじりながら部屋で休んでます」

苦笑いしながら智也が答えると、源治が厨房を飛びだした。

「こら。恵、何をしとる。お客さんに器を下げさせるって、どういう了見だ」

源治が二階に向かって怒鳴ると、恵がしかたなくといった顔で、ゆっくり階段を降りてきた。

「いいじゃないか。トモは友だちなんだから」

恵が眠そうにあくびをした。

「お世話になっています。冨久山巌と申します」

ビール箱から降りて、カンナを持ったまま冨久山が恵に頭を下げた。

「ど、どうも、海野恵です」

　事情をよく飲みこめないまま、とりあえず恵は挨拶した。

「冨久山さんは宮大工の跡継ぎでな、地震で傷んだあちこちを直してくれたんだ。お客さんなのに申し訳ない。ちゃんと礼を言わんと」

「ありがとうございます」

　源治に言われて恵は型通りに頭を下げた。

「僕はちょっと車を見てきます」

　智也が遠慮がちに言葉をはさんだ。

「そうそう、オヤジ。智也が厨房に入ってもいいって言ってくれたぞ」

「本当ですかい？」

　源治の顔が明るくなった。

「ご迷惑でなければ。あんなていねいな干物は久しぶりにいただきました」

　智也が源治に言った。

「大した料理は出せませんが、造りと干物だけは自信があるんです」

　源治が小さく胸を張った。

「やっぱり『屋代や下田』の料理を作ってたのは智也だったって」

恵がそう言うと、智也は照れ笑いを浮かべた。

「そんな立派な料理人さんに腕をふるってもらえるような宿じゃありませんが。ご覧のような板場ですし」

まさか智也が引き受けてくれるとは夢にも思わなかった源治は、今になって臆しているようだ。

「勝手がよく分かりませんし、かえって邪魔になるかもしれませんから、助《すけ》っ人《と》だと思っていただければ。猫の手よりは役に立つと思いますので」

智也が源治に笑顔を向けた。

「直りましたよ」

冨久山が食器棚の扉をぱたんと閉めた。

「さすが冨久山さんだ。前より建て付けがよくなった」

源治が何度も開け閉めした。

「すみませんねぇ、宮大工さんにこんなことしてもらって」

恵が如才なく言った。

「いえいえ、こんなことでお役に立てれば」

冨久山が道具箱の蓋を閉じた。

「宮大工さんって、神社やお寺だけでなく、こんな細かな修繕もなさるんですね」

智也が興味深げに食器棚を覗きこんだ。

「神棚からお寺の本堂まで、がうちの父の口癖です」

智也と冨久山の会話を聞きながら、源治は何度もうなずいている。

いきなり冨久山に智也という存在が加わって、『海近旅館』は変わってゆくのか、それとも何も変わらないのか。美咲には予想がつかなかった。

2

智也が『海近旅館』にやってきて五日が経った。

宿泊客が少ないせいもあり、智也が腕を発揮できる場面はなかなかやってこない。日中は宇佐美まで出かけて波乗りを愉しんでいるが、夕方に戻ってきてからは手持ち無沙汰な様子だ。料理を手伝うと言ってくれてはいるが、いつ、どんなタイミングで、どういうふうに頼めばいいのか源治は迷っているようだ。

朝夕はみんなで一緒に食事を摂るからスタッフのような存在でもある。冨久山とも気が合うようで、恵と三人で笑い合う場面もしばしば見かける。特に契約を結んだわけではないが、冨久山は宿の雑用をする代わりに、宿泊代は取らないと、源治とも合意している。一方で智也は宙ぶらりんのような存在で、宿代をどうしたものかと美咲は案じた。

源治に相談しても、しばらく様子を見ようと先送りする。九月の支払いはなんとか乗り切ったものの、十月末の支払いを考えると少しでも収入を増やしたい。行き詰まっている経営状態を、早く何とかしたいと思っている美咲にとっては、頭の痛い案件なのだ。

繁忙期は宿泊客の夕食が終わり、片付けも済んだ遅い時間からのまかないになるが、暇な時期は客に夕食を出す前に、軽く打ち合わせをしながら簡単に済ませるのが『海近旅館』の昔からの習わしだ。

「『初島』の杉本《すぎもと》さんはお孫さんを連れてくるんだったな」

源治が茄子《なす》の味噌汁をすすった。

「もう八歳だからおとなと同じ料理がいいんだって」

胡瓜《きゅうり》の漬物を箸でつまんで、美咲が答えた。

「俺だったらお子さまランチみたいなほうがいいけどな」

恵が漬物鉢を智也に渡した。

「子どもって気まぐれなんですよね。大人ぶってるときもあれば、駄々をこねることもあるし」

智也は白菜の漬物を醤油《しょうゆ》に浸してから白飯に載せた。

「山国で育ったせいか、子どものころは、お造りが一番のごちそうだと思ってました」

冨久山が煮物鉢に箸を伸ばし、かぼちゃの煮物を小鉢に取った。

「これって、まるでブイヤベースみたいですね。すごく美味しいです」

智也が煮魚の骨をしゃぶっている。

「そんな洒落た料理じゃない。残った魚のアラと貝を煮付けただけだ」

料理をほめられて、まんざらでもない様子だが、源治は気恥ずかしさを前に出した。

「煮付けって言っても、醤油じゃないじゃん。トマト煮なんて洋風の料理をオヤジが作るのって初めて見た気がするな」

恵がアサリの身を貝殻から外している。

「トマトも残りもんだ」

源治がぶっきらぼうに言った。

「ニンニクと生姜《しょうが》がよく効いてますよ。刻みパセリもいい味出してる」

手づかみで鯛のアラを食べながら、智也が何度もうなずいた。

「飯よりパンのほうがよかったかな」

源治がようやく顔をほころばせた。

同じまかない食でも、ほんの一週間ほど前には思いもしなかった顔ぶれが、目の前に並んでいることに、美咲はちょっとした感懐をおぼえた。

源治と恵、そしてタエと四人でまかないを食べているときは、ほとんど言葉が行き交うこともなく、箸と茶碗《ちゃわん》が当たる音くらいしか聞こえなかったのが、今では会話が途切れることもない。体調を崩したタエがしばらく休んでいるせいもあって、よその宿の厨房のような気がする。

「明日はお客さん多いんですか」

食事を終えて智也が茶をすすった。

「明日は久しぶりにたくさん入ってる。六組だったかな」

源治が予約台帳に目を通したあと、意を決したかのように智也が言葉を発した。

「じゃ、明日のまかないは僕に作らせてもらえませんか。明日は波も来なさそうなので、熱海の市場を覗いてこようと思ってるんです」

智也が源治と美咲を交互に見た。

「そいつは愉しみだ。オヤジ、いいよな」

恵が嬉しそうな顔を源治に向けた。

「もちろんだ。うちにあるものは何でも使ってもらっていいんだが、大した調味料もないし、調理器具だってこの程度だ。存分に腕をふるってもらえんだろうが」

源治は茶碗に残る飯粒をさらえた。

「それなら心配要らない。智也の車には調理器具やら調味料が一式揃っているんだ。移動キッチンみたいなものなんだぜ。な、智也」

「大したものではありませんが、野宿しても飢え死にしない程度には揃えています」

智也は源治に笑顔を向けてから、厨房を出ていった。

「智也さんって、どんな料理を作られるんでしょうね」

冨久山が美咲に身体を向けた。

「和洋中なんでも作れるんだって」

「若いのにすごい腕利きなんですね。料理のバリエーションが豊かになると、お客さんはきっと増えますよ」

冨久山の声が寂しげに聞こえたのは気のせいだろうか。

「杉本さんの夕食は何時からだった？」

食べ終えた器を下げながら源治が訊いた。

「六時半から」

美咲が素っ気なく答えると、源治は壁に掛かる時計を見た。

「そろそろ支度を始めるか。タヱが休んどるから早めに段取りせんとな」

「わたしって、そんなに信用ないんだ」

美咲は唇をとがらせて、洗い物を始めた。

「年寄り夫婦と孫の三人連れってのは、一番難しい客だと房子がよう言うとった。粗相がないように気を付けろ」

念を押すように源治が言うと、美咲は両肩をすくめてスポンジを泡立てた。

「杉本さん、って、たしか奥さんがおふくろの友だちだったお客さんだよね」

恵は源治の顔を覗きこんだ。

「お前が覚えてるって珍しいな。お客さんの名前なんてまるで気にしないのに」

「あの奥さん、いつもチップをくれるんだ」

恵がふわりと顔をほころばせた。

「そんなことだと思った。お前まさか無理やりねだったりしてないだろうな」

源治がにらみつけた。

「そんなことしないよ。親戚の子どもみたいなもんだから、って言ってくれてた」

「造りを多めにサービスしとくか。赤ハタ、メバル、キンメ、マグロ、真鯵、こんなところでいいな」

源治がまな板に魚を並べた。

「そうだ、船盛りにしてあげようか。きっとお孫さんは喜ぶと思う」

蛇口を止めて、美咲が源治に顔を向けた。

「せっかく作ってくれたんだからな」

源治は冨久山に視線を移した。

「そういうこともあるかと思って、実は、お子さん用の器も作っておきました」

冨久山が食器棚の扉を開け、紙包みを取り出した。

「子供用の船盛りの器？」

「はい」

嬉々《きき》として冨久山が紙包みを解くと、宇宙船のような器が姿を現した。

「こいつはすごい」

手に取って源治が歓声をあげた。

「これ、売れるんじゃないか」

恵が横から覗きこんだ。

「魚が苦手な子どもでも、これだったら喜んで食べてくれそうね」

美咲も目を見開いた。

「西洋料理と違って、日本料理は器も食事の大事な要素だと思います。まず目で愉しんでから、あとは料理をじっくり舌で味わう。これも日本文化ですよね」

冨久山は少しばかり胸を張った。

母の房子がよく言っていた話だ。

器の良し悪しより、料理との相性、お客さんの好みと合っているかどうか、が大事だ。どういう器を使えばお客さんが喜んで食べてくれるかを考えなさい。たまに宿を手伝っていると、房子はよくそんな話をしていた。

「写真を撮ってプレゼントする、ってのはどうだ」

源治が包丁の手を止めた。

「それ、いいですね」

即座に冨久山は同調したが、美咲は懐疑的だった。

「今はみんなスマホとかで撮っちゃうから、そんなサービスは要らないと思うけどなぁ」

素っ気ない美咲の言葉に、源治と冨久山は顔を見合わせて肩をすくめた。

美咲が『初島』で夕食の支度を始めると、杉本の孫の勇太《ゆうた》は興味深げに食卓の周りをぐるりと歩いて、料理を順番に覗きこんでいる。

「お腹減ったでしょう。もう少しだからね」

美咲の言葉に、勇太は腹を鳴らせて答えた。

「どれも美味しそうだね」

杉本耕一郎《こういちろう》が勇太の頭をひと撫でした。

「たくさん食べてきなさいね、ってママも言ってたでしょ。おとなと同じお料理を頼んでおいたから、残さず食べるのよ」

妻の節子《せつこ》が勇太の手を握った。

「そっか、ママとパパは今日はお留守番なんだ。ママとパパの分も食べなきゃね」

美咲が言うと、勇太ははにかみながら節子の膝に座った。

「そうよ。ママもパパもお店でお仕事頑張ってるんだからね」

節子は勇太を両手で包みこんだ。

「お店をされてるんですか？」

箸を揃えて美咲が訊いた。

「この人が始めた小さなクリーニング店なんですけどね、息子があとを継いでくれて」

節子は嬉しそうに耕一郎と目を合わせた。

「お待たせしました。あとでお造りをお持ちしますので、どうぞお食事を始めてください」

正座して美咲が両手をついた。

「いただきます」

三人が揃って手を合わせた。

その声を背中にしながら、美咲は軽やかな足取りで階段を降りた。

「いつでも出せるけど、まだ少し早いかな」

船盛りの器を配膳台に並べ、源治が美咲に顔を向けた。

「杉本さんはお酒を飲まないから、そろそろ準備してくれてもいいと思う。勇太くんもお腹がすいてるみたいだから」

「じゃあ始めるか」

源治は冷蔵庫の扉を開けた。

大小ふたつの船盛りの器を、満足げに眺める冨久山と目が合った美咲は、満面の笑みを向けた。

満を持して、『初島』に船盛りを運んだのは、夕食が始まって十五分ほど経ったころだった。

船盛りを座敷机に置くと、耕一郎と節子が拍手をした。

「これこれ。これを勇太に食べさせてやりたかったんだ。どうだ、すごいだろう」

船盛りを見まわしながら、耕一郎は勇太の頭をさすった。

「勇太くんの分はね、また別にあるのよ。すぐ持ってくるから愉しみにしてて」

美咲はそう言い残して『初島』を出た。

「勇太のお造りは別なんだって。どんなのが出てくるか愉しみだねぇ」

節子の言葉を背中に受けながら、美咲は早足で階段を降りた。

「海に浮かぶってより、空を飛んでる感じだな」

宇宙船を意識したのか、源治は鰺を活《い》かしたまま舟型の器の先端に盛り付けている。

「喜んでくれるといいですね」

冨久山が目を細めた。

まさに意気揚々といったふうに、小ぶりの船盛りをしっかり両手に持って、美咲は『初島』に入った。

「お待たせしました。『海近旅館』名物の宇宙船盛りでございます」

美咲がうやうやしく船盛りを座敷机に置いた。

「すごいね。これは勇太だけのお刺身なんだって。おばあちゃんもちょっと食べたいなぁ」

節子が勇太の横顔を覗きこんだ。

「おじいちゃんたちの船は海に浮かんでるんだけど、勇太の船は空を飛んでるみたいだな。すごいじゃないか」

「はい。宇宙船をイメージしてます」

美咲が胸を張った。

「いつもはぐるぐる回ってるお寿司に載ってるけど、今日は宇宙船に載ってるんだって。勇太の大好きなお造りだから、たくさん食べていいんだよ」

「勇太くん、お腹いっぱいになるまで食べてね」

美咲が笑みを向けたが、勇太は表情を変えることなく、唇を真っすぐ結んでいる。

「どうした、勇太。そんなに緊張しなくていいぞ。いつもと同じように気楽に食べなさい」

「そっか。おねえちゃんがいるから恥ずかしいのかな。じゃあおねえちゃんは消えるから、ゆっくり食べてね。ご飯とお味噌汁はいつお持ちしましょうか」

「無粋なもんで酒を飲まんから、忙《せわ》しなくて申し訳ない。すぐに持ってきてもらえますかな」

耕一郎が言うと、節子はこっくりとうなずいた。

「承知しました。すぐにお持ちしますね」

心を浮き立たせながら階段を降りはじめて三段目だった。背中から聞こえてきた勇太の声に、美咲は思わず足を止めた。

「おさしみなんか食べたくない」

「何を言ってる。回る寿司に行ったらいつもたくさん刺身を食べるじゃないか」

耕一郎は勇太をたしなめているようだ。

「そうよ、勇太。もっとお魚が食べたいって言うから、ここに泊まりに来たんじゃない」

節子の声は少し震えている。いったい何があったのだろう。

「だってこれ、お寿司じゃないもん」

勇太の言葉に美咲ははっとした。

「そんなわがまま言うんじゃない。お寿司もお造りも同じ魚じゃないか。それにここのお造りは飛びきり新鮮だ。回ってる寿司の魚より、こっちのほうがずっと美味しいぞ」

耕一郎の言葉に思わず美咲は大きくうなずき、身体の向きを変えて『初島』に戻った。

「大丈夫ですよ。気まぐれを言ってるだけですから」

節子が美咲を気遣った。

重くなった空気を軽くしようとして、美咲は勇太の隣に座りこんだ。

「勇太くんはお魚好きなんでしょ。お寿司の上に載ってるのと同じお魚なのよ。それに、ほら、こんなカッコいい宇宙船に載ってるんだし」

美咲が顔を下から覗きこむと、勇太はぷいと横を向いた。

「こんなわがままを言う子じゃないんですが」

取り付く島もない勇太に、耕一郎が首をかしげた。

「いったい何が気に入らないの」

節子が口調を強めると、勇太は今にも泣きそうな顔をした。

「そっか。勇太くんはお刺身じゃなくて、お寿司が好きなんだ」

美咲の言葉に勇太はうつむきながら小さくうなずいた。

「よし。ちょっと待っててね」

美咲はそう言い残して『初島』を出た。


「お父さん、ご飯を用意してくれる？」

厨房に入るなり美咲が大きな声を上げた。

「ご飯って、まだ食事は始まったばかりじゃないか」

源治は新聞を広げたまま悠然としている。

「違うのよ。お造りをお寿司にするの」

「造りをお寿司に？」

包丁を研いでいた智也が、美咲に顔を向けた。

「急に寿司なんか作れるわけないだろう」

新聞をたたんで立ち上がった源治に、美咲が事のいきさつを話した。

「それは分かったが、炊き立ての飯を持って行ってどうしようってんだ」

「ご飯と一緒にお刺身を食べれば、お寿司気分で食べられるんじゃないかと思って」

「気分だけじゃだめだ。その子は寿司が食いたいんだろ？　白飯が食いたいわけじゃない」

源治が反論した。

「それは分かってるけど、うちでお寿司なんか作れるわけないんだし」

「子どものわがままにいちいち付き合わんでええ。他にも料理があるんだから、それを食えばいいんだ。なんならお子さまランチを作ってやってもいいぞ。冷凍のハンバーグやら海老フライがあるはずだ」

「そんなのが食べたくて、うちに泊まりに来たんじゃないのよ」

「そんなこと言ったって、うちは寿司屋じゃねえんだから」

源治が声を荒らげた。

ふたりのやり取りを黙って聞いていた智也が、おもむろに立ち上がった。

「美咲さん、お造りは後回しにして、ほかの料理を食べるように言ってください。少し時間があれば僕がお寿司にします」

「本当に？」

美咲が目を輝かせた。

「そうだな、十五分あれば大丈夫です。とにかくお造りをいったん下げてきてください」

言うが早いか、智也は源治に訊ねながら調味料を調理台に並べはじめた。

「オヤジさんは炊飯器からご飯をこのバットに移してください。平たくしてもらえるとありがたいです」

「分かった。冷ますんだな」

智也の言葉に、少しのあいだ考えこんでいた源治が、急いで腕まくりをした。

「えっと、メグさんは？」

智也が厨房の中を見まわした。

「帳場のパソコンの前におられますよ。呼んできましょうか」

厨房の隅っこでカンナを研いでいる冨久山が言った。

「あいつは邪魔になるだけだから放っておけ」

炊飯器から立ち上る湯気に顔をしかめながら、源治が言った。

「僕も何か手伝いましょうか」

冨久山が声をかけた。

「今のところ大丈夫です。回転寿司の台なんか急に作れませんもんね」

智也が笑顔で返し、厨房の中はにわかに活気を帯び始めた。

言われるままに船盛りを下げてきた美咲は、忙しなく立ち回る智也の仕事をずっと目で追っている。

「寿司酢を作っていきますね。やったことあります？」

「いえ。一度もありません」

美咲は正直に答えた。

「じゃ見ててください。本当ならお酢に昆布を入れて、旨みが出てくるのを待つんですが、今は時間がないのでこれを使いましょう」

そう言って、智也が手にしたのは昆布茶の缶だった。

「急ぐときの僕流ですけど、意外にイケるんですよ。この粉をお酢によく溶かします」

智也がボウルの中をかき回している。

「メモを取ってもいいですか」

美咲がまっさらの大学ノートを開いた。

「もちろんです。写真も撮っておくとあとから重宝しますよ」

「はい」

美咲はスマホを横に置いた。

「昆布茶から昆布のエキスが出たところへ塩を入れます。量は控えめにしましょう。そして塩が溶けたら、次に砂糖を溶かします。今日は子どもさんがメインですから、多めでも大丈夫です。ときどき味見しながらよく混ぜ合わせます」

手際よく作業を進めてゆく智也を皆が取り囲んでいる。

「塩と砂糖を一緒にお酢の中に入れちゃダメなんですか」

美咲がペンを構えながら訊いた。

「最初から一緒に入れちゃうと、砂糖だけが先に溶けてしまって、塩がうまく溶けないんです。塩もちゃんと溶かさないと、甘すぎる寿司酢になってしまいます」

「なるほど。そういうことだったのか」

源治には思い当たることがあったようだ。

「そして、お寿司の味を決めるのは、実は温度なんです。ネタは冷たくて、シャリがほんのり温かい、というのが理想です。冷やご飯なら少し温めて、炊きたては人肌くらいまで冷ましましょう」

まるで料理教室の先生のようだ。

智也のやさしい物腰に胸を熱くした美咲はメモを取り続けた。

「数値で表せば、ネタの温度は十五度前後で、シャリの温度は三十三度くらいです。でも計る必要はないですよ。オヤジさんが冷ましてくれたご飯に、さっきの寿司酢を合わせて、しゃもじで混ぜます。そのときにこの、甘酸っぱい香りが出れば大丈夫です。思いきり吸い込むとむせるくらいがちょうどいいです」

酢の香りが一気に広がった。

「次はネタです。お造りのままだと、ネタが大きすぎますから、小さめにして薄く切ってください」

智也の指示を受けて、源治が寿司ネタを切りつけた。

「せっかくだから、お客さんの目の前で握る、っていうのはどうでしょう」

冨久山が提案した。

「それ、いいですね。やりましょう。オヤジさん、白衣の余分ってありますか？」

「いくらでもある。辞めていったやつは何人もいるからな」

「美咲さん、酢飯をお櫃に入れてください。あとは手水とワサビ……」

智也はてきぱきと作業し、指示をしながら、即席寿司屋の準備を進めてゆく。

「カウンター板はこれくらいの大きさでいいですかね」

冨久山が檜《ひのき》の一枚板を配膳台に置いた。

「すごい。これ、今作ったんですか？　ツヤツヤじゃないですか」

智也が檜の板を撫でた。

「倉庫にあった板を切って磨いただけですよ」

「冨久山さんにかかると、うちの家は宝物だらけだな」

源治がしきりに感心している。

白衣に着替えた智也は、どこからどう見ても気鋭の若手料理人といった風貌だ。広げた両手にあまるほどの檜の板を持って、ゆっくりと階段を上がってゆき、美咲はお櫃と小皿や山葵、醤油とネタを盆に載せあとに続く。

「お待たせしました。坊や、今から美味しいお寿司を作るから愉しみにしててね」

智也が座敷机に檜の板を置き、握り寿司の用意をはじめた。

丸い小さな背中を向けていた勇太が、寿司という言葉を聞いた瞬間に、くるりと身体の向きを変えた。

「このお兄さんがお寿司を作ってくれるんだって。よかったねぇ」

節子が頭を撫でると、勇太は大きく見開いた目で、智也の手元を見つめた。

まるで、ずっと前からそこが仕事場であったかのように配置を整え、正座した智也が檜の板にネタを並べ、右手にお櫃を置いた。

「白身から握ろうか。ここの近くの海に居た魚だから美味しいよ」

智也の言葉に勇太はごくりと生唾を呑《の》みこんだ。

右手でお櫃のシャリを取って形を整えながら、左手でネタを取って合わせる。両手に力が入っているような、入っていないような力加減だ。きゃしゃな指で握った寿司はかなり小ぶりである。刷毛《はけ》で醬油を塗り、出来上がった寿司を智也が勇太の前に置いた。

「はい、どうぞ」

間髪を入れず勇太は手づかみで寿司を口に放りこむ。

「美味しい。むちゃくちゃ美味しい」

一瞬の間を置いて、勇太が満面の笑みを智也に向けると、場の空気が一挙に和らいだ。

智也と美咲は目を合わせて、ふたり同時にうなずいた。

勇太はもちろん、耕一郎も節子も握りたてをすぐさま口に入れ、それに合わせて智也はテンポよく握ってゆく。

それを繰り返すうち、あっという間にネタがなくなった。

「もっとお寿司食べたい」

勇太が大きな声を上げた。

「ごめんね、勇太くん。もっと食べて欲しいんだけど、お刺身がなくなっちゃった。お寿司のほかにも美味しい料理がたくさんあるから、それも食べてね。いろんなものをたくさん食べたほうが愉しいんだよ」

そう言って智也が片付けを始めた。

「そうよ、勇太くん。ほら、ここにまだ天ぷらもあるし、煮魚も野菜の炊き合わせもあるでしょ。たくさん食べてくれたら、あとでデザート持ってくるからね」

最初は不服そうな顔をしていたが、気を取り直したように勇太が笑顔でうなずいた。

美咲がフォローして、即席寿司屋は店仕舞いした。

「あっという間に売り切れてしまいました」

厨房に戻った智也が嬉しそうに言うと、源治は生け簀《いす》の鯛を取りだしてきた。

「魚なら売るほどあるから、追加してやろうか」

「オヤジさん、それはダメです。小さな子どもにはいろんなものを食べてもらわないと偏食になっちゃいます。酢飯はまだまだありますから、皆さんで召し上がりますか？」

反対する者などひとりもいない。客室から厨房へと場所を移し、智也の即席寿司屋が始まった。

「こんな美味しいお寿司、初めて食べました」

冨久山が興奮した面持ちで寿司の余韻を味わっている。

「噂には聞いてたけど、たしかにスーパー料理人だな。ここまでやるとは思ってなかった。それにしても旨い寿司だ」

恵がスマホで寿司の写真を何枚も撮っている。

「お魚がいいからですよ」

鯵を握りながら、智也が照れ笑いを浮かべた。

「智也さん。ひとつ頼みがあるんだが」

真顔になって、源治が姿勢を正した。

「なんでしょう」

握り終えたばかりの鯵の寿司をまな板に置いて、智也が源治に向き直った。

「これをうちの宿の名物料理にしたいんだが、握り方だとか、美咲に細かく教えてくれんかな」

「はい。喜んで。しばらくはまだ厄介になるつもりですから、美咲さんさえよければ」

智也が美咲を真っすぐに見つめた。

「ありがとうございます。どうぞよろしくお願いいたします」

美咲は深々と頭を下げた。

「すごいことになってきたな。この寿司なら絶対売り物になる。なんてったって『海近旅館』だからな。握り寿司が一番よく似合うのは海に近い宿だ」

「小さな屋台みたいなのを作れば、お客さんも喜ぶんじゃないですかね」

冨久山の提案に真っ先に拍手したのは智也だった。

自分の宿で寿司を出すなど思ってもみなかった。しかしよくよく考えてみれば恵の言うとおりだ。『海近旅館』の名物料理は寿司。智也の寿司を味わいながら、これをどう形にすればいいのか、思いを巡らせていた。

「美咲、何をぼーっとしとる。智也さんの握り方をよく見とかんか」

美咲は源治の声で我に返った。

「大丈夫ですよ。今は食べるほうに専念しててください。あとで握りの練習をしましょう」

智也がマグロを握りながら、美咲に笑みを向けた。

智也が握る寿司は『海近旅館』が昔のような活気を取り戻すための、強力な武器になる。美咲はそう確信した。

だが、いつまでも智也が『海近旅館』に留《とど》まるわけではない。智也の寿司ではなく、自分の力で『海近旅館』の寿司にしなければならない。

大きな期待と小さな不安が入り混じり、美咲の胸は大きく昂ぶっていた。

美咲のおすすめ宿厳選8軒

杖立温泉 米屋別荘

no.5

『岩惣』に泊まって、実はわたしも旅館の女将《おかみ》をしています、と言うと、参考になるからぜひ泊まりに行きなさいと、お奨《すす》めいただいたのが九州は杖立《つえたて》温泉にある『米屋別荘《こめやべっそう》』です。

思い立ったが吉日とばかり、九州へ向かったのは『岩惣』へ泊まりに行った半月後のことでした。

杖立温泉という名前を聞いたのは初めてで、湯布院《ゆふいん》や黒川《くろかわ》温泉、阿蘇《あそ》などの有名どころに囲まれて目立たない温泉地ながら、温泉通にはよく知られたところだと聞きました。

福岡空港からレンタカーで向かいましたが、けっこうな距離がありました。

温泉街も鄙《ひな》びていますが、宿の佇《たたず》まいもかなり鄙びています。大げさな玄関よりも、ひっそりとお客さまを迎えるこんな構えのほうが、わたしは好きです。

母屋を通り抜けて、この日案内された離れの部屋には、清流のせせらぎを間近にする露天風呂も備わっているのですが、大浴場もあり、貸切風呂が五つもあると聞いて驚きました。こんな小さな宿なのに、七つもの選択肢があると言うのですから、温泉好きには堪《こた》えられないことでしょう。

部屋の風呂はいつでも入れるから

と、大浴場で身体を温めてから、貸切風呂の〈一番〉であふれ出る湯を満喫しました。ああ、温泉ってやっぱりいいなぁ。心からそう思います。

温泉も素敵だったのですが、なんと言っても圧巻は宿の料理でした。「旅館の料理としては理想的だと思うんですよ」という、『岩惣』の女将さんの言葉にうそはありませんでした。

宿のご主人が自ら手掛ける料理は、一見創作料理ふうに見えて、実に正統派の和食で、先に書いた『オーベルジュ花季』に優るとも劣らない、素晴らしいものでした。

旅館の料理って、どうしても高級な食材に頼りがちなのですが、ちゃんと地の食材を使って、しかも洗練を極めるのは至難の業なんです。そしてお客さまの好みに合わせていることが、とてもよく分かるんです。旅館に泊まったら、こういう料理を食べたいんですよ。

旅館にとって、本当に美味《おい》しい料理とは何か。『米屋別荘』に泊まってみて、それが少しばかり分かったような気がしました。

『杖立温泉 米屋別荘』

住所：熊本県阿蘇郡小国町下城4162-4　電話：0967-48-0507

第六章　山折り谷折り

1

ようやく川奈にも秋らしい風が吹くようになった。
昼間はまだ半袖のシャツ一枚で過ごせるが、朝晩は長袖が恋しくなる。
早朝の川奈いるか浜の海岸は涼しいを通り越して、寒いといってもいいほどだ。
浜辺に座りこんだ美咲は、籐《とう》のバッグからポットを出して、熱いコーヒーをカップに注いだ。

立ち上る湯気に苦い香りが混ざる。夏のさなかから動き始めた『海近旅館《うみちか》』のあれこれが、湯気の中に浮かんできた。

料理旅館と銘打ってはいるものの、胸を張って料理自慢の宿と言い切る自信はない。『海近旅館』の最大の課題は料理だと、宿の仕事を始めてすぐに気付いたが、美咲は何ひとつ手を打てずに来た。

一泊二食付きで一万二千円という料金は良心的だと思う。休前日だって、ハイシーズンだって同じ料金だ。それでいて食材を惜しんだりはしない。源治の腕だって悪くない。なのに多くの客を呼び込めるほどの魅力にはならない。

時代遅れの料理だとは思うが、かといって画期的な方策も見いだせないままだった。冨久山が器を作ってくれたことで、改めて船盛り料理を見直す機会も得たが、それとて今さら大きな人気を呼ぶようなものにはなりそうにない。

そこへいくと握り寿司なら万人に向くだろうし、何より客室で客の目の前で握るというアイデアは斬新だ。きっと話題になって、客も増えるに違いない。

しかしそれは近い将来、という程度の話だと思っていて、まさか一気に現実になるとは想像すらしていなかった。時間を一気に縮めたのはインターネットだ。

杉本一行が帰宅してすぐに寿司の話をしたとみえて、それを聞いた勇太の父親が、早速SNSで寿司の写真と一緒に投稿したようだ。こうした隠れたグルメ情報はすぐに拡散するらしく、またたく間にネット上で噂が広まった。

――川奈の小さな旅館では、格安料金ながら客室で寿司を握ってくれる――

杉本一行が泊まった日から数えて、一週間が経ったころから、急に予約が増え始めた。それもほぼすべてが寿司をリクエストしてくる。週末はひと月先まで満室が続く。

『海近旅館』ではかつてないことだっただけに、喜びよりも不安が先に立つ。

「どうした、美咲。浮かない顔をして」

声をかけてきたのは明彦だ。

重そうなアイスボックスを浜辺にどすんと置いたところを見ると、どうやら釣果は上々だったようだ。

「宿屋って因果な商売ね。お客さんが来なければ不安だし、来すぎても不安」

美咲は海に向かって小石を投げた。

「何ぜいたく言ってるんだよ。来すぎる、って本当か？　うらやましい」

「まだ予約だけのことだけどさ」

美咲は順を追って、ことのいきさつを明彦に説明した。

「そうか。彼は料理人だったのか。ただのサーファー客だと思ってた」

美咲の隣に座って、明彦は複雑な表情を浮かべた。

何度も『海近旅館』に出入りする智也を見て、明彦が訊ねたものの、美咲はサーフィン好きの客が長逗留しているとだけ答えていた。

「正式に雇用契約を結んだのか？」

「契約なんて全然。いつまでうちに居るかさえ分からないんだから」

美咲の言葉に、明彦はホッとしたように口元をゆるめた。

「寿司に使えそうなのを持ってけ」

明彦が無造作にビニール袋に魚を放りこんだ。

「いいよ。うちも商売だから、ちゃんと買う」

美咲は籐のバッグから財布を取りだした。

「なに水臭いこと言ってんだ。美咲に魚を売りつけたりできるわけないだろう」

怒ったような顔をして立ち上がった明彦が背中を向けた。

「遠慮なくもらっとく。ありがとうね」

明彦は背中を向けたまま、小さく手を振って、歩きだした。

嵐の前の静けさ、というのだろうか。秋の日差しを受ける『海近旅館』は人の気配を消しているかのようだ。

美咲は明彦からもらった魚を袋のまま冷蔵庫に入れて、帳場に向かった。

美咲が戻るのを待ちかねていたように、源治が大きな足音を立てて帳場に入って来た。

刻々と埋まってゆく予約表を見る愉しみは、初めての経験だ。すべての泊まり客がチェックアウトしたあと、帳場のパソコンをみんなで取り囲み、ネット予約の一覧を見るのが朝の習慣になってきている。

「それにしてもインターネットの力ってすさまじいわね」

ディスプレイを見ながら、美咲が長いため息をついた。

「杉本のジイサン、うまく写真撮ってくれたよな。トモが握ってるところもだけど、寿司もむちゃくちゃ旨そうだし、なんてったって、この子の笑顔が最高じゃん。これ見たら俺だってこの旅館に行きたくなるわ」

いつの間にか傍《そば》に立っていた恵はスマホの写真に見入っている。

「ありがたいと言えばありがたいことだが、困ったことだ。うちは寿司屋じゃないし。それにいつまでも智也さんがいてくれるわけじゃないしな」

横から覗きこんで、源治が腕組みした。

「千載一遇のチャンスって、こういうことをいうんだ。できるだけトモを引っ張っとかなきゃな」

源治の横でスマホを操作しながら、恵は顔をほころばせた。

「智也さんはちゃんと宇佐美から帰ってきてくれるんだろうな。今日は寿司目当ての四人組が泊まりにくるんだから」

源治が心配そうに掛け時計を見た。

「大丈夫。午後はいい波が来ないから、昼過ぎには帰ってくるって言ってた」

「男性四人の泊まりって珍しいわね。会社の同僚か何かかしら」

予約台帳を開いて美咲が首をかしげた。

「わしが電話予約を受けたんだが、どうも寿司好きのグループらしい。料金は上がってもいいから、旨い寿司を食わしてくれと言うとった」

源治は得意顔で言った。

「銀座の寿司屋なんかに比べたら、うちの宿代なんか屁《へ》みたいなもんだ。いつもの三倍くらい取ってもまだ安い」

すぐに調子に乗る、恵の悪い癖が始まった。

少しばかりネットで話題になったからといって、いきなり宿泊料をつり上げたりすれば、悪い評判が立つに違いない。良くも悪くも噂が広がるのは一瞬なのだ。

「うちはぼったくりバーじゃないからね。無茶しないでよ」

美咲が恵にくぎを刺した。

「稼げるときに稼がないと」

恵がしれっと言った。美咲の思いがまったく通じない。

「いつまでも智也さんに頼るわけにはいかない。わたしももっとうまく握れるようにならなきゃ」

立ち上がって美咲は急ぎ足で厨房に向かった。

「これで一気に『海近旅館』が有名になるぞ。いっぱい客が来て儲かったら改築しなきゃな」

「借金が山ほど残ってるのに改築なんかできるわけないだろう。夢ばっかり見てないで、掃除でもしろ」

美咲に代わってパソコンの前に座りこんだ恵を一瞥《いちべつ》して、源治が眉をひそめた。

「ごめんなさいよ。どなたかおられますかな」

玄関から聞こえてきた声に、恵がすぐに反応した。

「はい、ただいま」

「飛び込み客は断っていいぞ」

「分かってる、って。ひょっとするとマスコミの取材かも分からないじゃないか」

恵は揉《も》み手《で》をせんばかりに玄関に急いだが、三和土《たたき》に立っていたのはマスコミとは縁のなさそうな和服姿の男性だった。

「いらっしゃいませ」

膝をついた恵は素っ気ない挨拶をした。

「今夜泊まりたいんだが、部屋はありますかな」

玄関先を見回しながら、パナマ帽をかぶった男性が低い声を出した。

「申し訳ありません。あいにく本日は満室を頂戴しておりまして」

恵は男性を値踏みするかのように、頭の先から足元まで視線を縦に動かした。

「それは残念。旨いものの匂いがしたもので。年寄りは気まぐれでいかん。また出直すとします」

男性は下駄を鳴らして、玄関戸の引き手に手を掛けた。

「わざわざお越しいただいたのに申し訳ありません」

気配を感じた美咲が厨房から走り出てきた。

「先日はどうも」

男性がパナマ帽を取って、美咲に笑顔を向けた。

「ああ。熱海でお会いした……」

顔に見覚えがあるものの、美咲の頭に名前は浮かんでこなかった。

「池谷です。お電話をしてからと思ったのですが、宿の名前しかメモをしておりませんでして」

池谷が巾着袋から手帳を取りだした。

「たいへんご無礼をいたしました」

美咲が恵をにらみつけた。

「いやいや、ご繁盛で何よりですな」

池谷の言葉に恵は大げさにせき込んだ。

「お散歩ですか?」

美咲は老人が手にする小さな巾着袋に目を留めた。

「例によって気まぐれ旅の途中です」

「これからどちらへ?」

「行くあてもない散歩ですから、しばらくこのあたりをうろついて、熱海に戻ります。

むかし伊東の街に『松鮨』という旨い鮨屋がありましてね、そこへ行こうと思ったのですが、どうやら閉めてしまったらしい」

池谷は哀しそうな顔を天井に向けた。

熱海で会ったときに比べて、ずいぶんと老け込んだような気もするが、着流し姿のせいかもしれない。

「『松鮨』をご存じなんですか？」

源治が帳場から出てきた。

「〈山葵巻き〉が好物でして」

池谷が相好を崩した。

「ありゃあ傑作でしたな。天城の山葵を旨く食わせるにはあれが一番だった」

源治が遠い目をすると、池谷も同じほうに目を遣った。

「お寿司がお好きなんですか」

美咲が訊いた。

「寿司が一番の好物でしてね。東京にいるときは寿司ばかり食ってます」

池谷が照れ笑いを浮かべた。

「今晩うちにお泊まりになりませんか。うちも『松鮨』に負けない寿司を出そうと思ってますから」

源治の言葉に驚いたのは、当の池谷だけでなく、恵も美咲もだった。

「こちらでは寿司が食えるのですか。しかし今夜は満室だとさっき……」

池谷は恵の表情を窺っている。

「ちょうど今キャンセルが入りましてね」

源治が恵に目くばせした。

「そ、そうみたいです」

うろたえながらも恵は笑顔を池谷に向けた。

「ありがたいお話ですが、ご迷惑をおかけするんじゃありませんか?」

池谷は三人の顔を順に見た。

「大丈夫ですよ。うちはお客さまをお泊めするのが商売ですから」

恵を横目にしながら、美咲が満面の笑みで応えた。

「三時以降でしたらいつでもお越しください」

源治がそう言うと、池谷は腕時計を見てうなずいた。

「では一度熱海に戻りましてから、出直してまいります。久しぶりに川奈まで足を延ばしてよかったです」

「お名前は？」

「池谷さまですよね」

源治の問いかけを美咲が引き取った。

「池谷でもいいのですが、今日は吉沢《よしざわ》の名前で泊まらせていただくことにします」

「お名前をふたつお持ちなのですね。役者さんか作家さんか、どちらなのでしょうね」

はじめて熱海で会ったときから、なんとなく小説家のような気がしていたのだが、渋い演技をする脇役俳優のようにも見える。吉沢が本名なのか、池谷が本名なのかも分からないのだが。

「あいにく役者になれるほどの器量は持ち合わせておりませんので」

「お泊まりはおひとりさまでしょうか」

美咲が訊くと、吉沢は小さく微笑《ほほえ》んだ。

「それでは吉沢さま、おひとりさまで本日のご予約をたしかにうけたまわりました。どうぞお気をつけてお越しくださいませ」

美咲が頭を下げると、吉沢は下駄の音を弾ませて外に出ていった。

「飛び込み客は断れ、って言ったのは誰だったたっけなぁ」

立ち上がった恵が嫌味ったらしい顔を源治に向けた。

「飛び込み客ってのは、いきなり泊まりにくる客だ。吉沢さんは予約をしに来たんだから飛び込みとは言わん」

「俺の屁理屈とやらはオヤジ譲りだったんだ」

恵が肩をすくめて舌を出した。

「『松鮨』って行ったことなかったけど、そんなにいいお寿司屋さんだったの？」

厨房に向かいながら、美咲が源治に訊いた。

「奥さんとふたりでやってる小さな店だったが、気風のいいオヤジさんでな。ああいうのを粋っていうんだろうな。旨い寿司屋だった」

「『松鮨』の名前を聞いて、帳場から出てきたのは何か理由があるの？」

「いや、不思議なんだけどな、わしもこの二、三日『松鮨』の寿司を食いたいと思ってたところなんだ」

「なんで？」

先を歩いていた美咲が振り向いた。

「智也さんの寿司が、『松鮨』の寿司によく似てるからだろうな」

立ち止まって源治がうなずいた。

ったんですね」

「おそらくそういうことだと思います。本当にいい眺めでした。桜の木がたくさん植わっていましたから、春になればきっと美しい景色になるんでしょうね」

「桜寺とも呼ばれています」

美咲は薄らと潤んだ目を遠くに遣った。

それをデートとは呼ばないのだろうが、純一はよく『松月院』へ美咲を連れて行ってくれた。

たいてい明彦も一緒だったが、たまにふたりだけのこともあった。

ふたりきりだと会話もぎこちなくなり、黙りこむ時間が長かった。

石段に並んで座り、ふたりで伊東の街を見下ろしていると、なぜか胸が苦しくなるのだった。

――弁天さまは女性の神さまだから、美咲とふたりきりだとやきもちを焼くかもしれないね――

水平線に目を細めて、純一が照れ笑いを浮かべたことを思いだした。

「実は『松月院』でお告げがありまして」

冨久山が話の向きを変えた。

「どんなお告げでした？」

「ぼんやりと遠い海を眺めていると、雷さまのような稲妻が空を走っていって、その方向へ向かいなさい、という声が聞こえてきたんです」

「どっちの方向ですか？」

「南東の方向でした。すぐに地図でたしかめると伊豆大島の三原山を指していたと思います」

「伊豆大島。ひょっとして冨久山さん……」

「ええ。熱海からの便がありますので、それに乗っていきます。お世話になりました。またすぐに戻ってくるかもしれませんが、皆さんによろしくお伝えください」

淡々とした口調で冨久山がしごく事務的に伝えた。

「そんな急がなくても。明日の朝ならたしか伊東からも船が出てるはずですし。今夜はみんなで送別会を」

「お気持ちは嬉しいのですが、何しろお告げですから」

一礼して冨久山はぎしぎしと音を立てて、階段を上がっていった。

純一も、母の房子も、そして冨久山も、自分の周りにいる人間はなぜだか急にいなくなってしまう。次は智也の番なのだろうか。そう思いはじめると美咲の小さな胸は張り裂けそうに切なくなるのだった。

2

午後三時を回ってすぐのころだった。白い麻のジャケットを羽織った吉沢がガラスの引き戸を開けた。

「吉沢です。どなたかおられますか」

聞き覚えのある声が玄関に響くと、あわてて美咲が迎えに出てきた。

「池谷さま、じゃなかった。吉沢さま、ようこそお越しくださいました。さ、どうぞお上がりくださいませ」

板間に正座して、着物姿の美咲が深く腰を折った。

「では、失礼して」

板間に赤いキャンバス地のトートバッグを置いて、吉沢が腰をおろした。

「お着物もお洋服もどちらもお似合いですね」

「ありがとう。若いきれいなお嬢さんにそう言われると、この歳でも嬉しいものです」

吉沢が屈《かが》みこんで靴ひもを解《ほど》いた。

「朝がたは大変失礼しました。どうぞゆっくりなさってください」

厨房から出てきて、白衣姿の源治が美咲の隣に座った。

「『松鮨』に負けない寿司を愉しみにしてまいりました」

くるりと身体の向きを変えて、吉沢はあぐらをかいた。

「お恥ずかしい。ついはずみで言っちまいましたが、あまり期待しすぎないでくださいな。何しろ新人ですから」

源治が頭をかいた。

「ここは銀座じゃないことも承知してますし、宿代を考えればおのずと分かります。海辺の旅館で寿司遊び。いいじゃありませんか。愉しませていただきますよ」

「恐れ入ります。うちのような宿でなぜ寿司を、と思われるでしょうが、実はこれにはわけがありまして……」

「ご主人、その話は留めおいてください。わたしは飯を食うのに予断を持つのが苦手でしてな。何も考えず、何も知らずに食べることが好きなんです」

吉沢の目が鋭く光った。

「まずはお風呂にでもお入りください。あいにく温泉ではありませんが、眺めだけは自信があります」

美咲が胸を張った。

「湯も食と同じです。温泉であろうがなかろうが、気持ちがよければそれが一番。若女将のお奨めにしたがって、ひと風呂いただきましょうかな」

吉沢がゆっくりと立ち上がった。

「ご面倒ですが、宿帳にご記入いただけますか。貴重品がございましたらこの袋にお入れいただければ……」

吉沢を先導しながら美咲は何度も振り向く。その度に吉沢は微笑みながらうなずいた。

美咲が吉沢を二階の客室へ案内しているあいだに、市場での収穫を手にして智也が戻ってきた。

「いい魚はありましたかい」

源治が訊くと、智也は発泡スチロールの箱を調理台の上に置いて、蓋を開けた。

「ほう。この時期にしちゃ上出来だ」

「こちらの市場で白身がこんなに豊富だとは思いませんでした。しかも安いし。東京じゃ考えられません」

智也が嬉しそうに笑った。

「今夜は寿司を目当てのお客さんが五人お泊まりだから、よろしく頼みます」

「ネットの威力ってすごいですね。もう寿司屋旅館みたいになっちゃった」

智也が照れ笑いを浮かべた。

「智也さんあっての寿司ですからね」

源治は不安そうな目つきで智也を横目に見た。

「美咲さんの握りもいい感じになってきましたよ。でもここはあくまで旅館。寿司屋ではないのですから、あんまり入れ込まないほうがいいと思います。寿司も食べられる、というくらいがちょうどいいです」

くぎを刺すように、智也が源治を真っすぐに見た。

「寿司が大好きだというご老人がおひとり。寿司屋にも詳しい方です。あと寿司好きの男性四人グループがひと組。夕食の時間をずらしたほうがいいですかな」

目をそらして源治が話の向きを変えた。

「続きでやっちゃいましょうか。部屋は離れてるんですか？」

「『初島』と『富戸』ですからすぐ近くです。と言ったって、狭い宿だからどの部屋もすぐ近くですがね」

源治が苦笑いした。

「じゃ、そうしましょう。先におひとりさまに行ってから、その続きにグループ客という順番でどうですか」

「分かりました。そうそう、隣の旅館の若主人が釣った魚をくれたんですが、これがけっこう上物なんです。寿司に使えますかね」

源治が冷蔵庫からビニール袋を取りだした。

「いい鯵じゃないですか。この大きさなら昆布〆にしてもよさそうだ」

智也がビニール袋から取りだした鯵をまな板に並べた。

「他のお客さんはどうしましょうかね」

「お造りのほうを喜ばれるかたもおられるでしょうから、お好みを聞いてからにしましょう」

智也が米をとぎ始めた。

「お寿司の場合は料金をアップしようかと思うとるんですが、どんなもんでしょうな」

源治が上目遣いに訊いた。

「おまかせします。そこは僕が口出しするところじゃないんで」

智也は苦笑しながら、米をとぎ続けた。

「智也さんには寿司手当をお支払いせんといけませんからな」

源治は少しばかり改まった顔つきになった。

「お寿司が一と四。あとは何名いらっしゃるんですか？」

源治の言葉が聴こえなかったのか、お金のことには触れず、とぎ終えた米を智也がざるにあけた。

「二名と三名ですから、今夜の泊まりはちょうど十名です」

「少し多めに炊いておきますね」

智也はといだ米を炊飯器に移した。

厨房で寿司の準備が着々と進んでいるさなか、寿司を目当てにした四人組の男性が『海近旅館』の玄関をくぐった。

「いらっしゃいませ。ようこそお越しくださいました」

階段を降りてきた美咲が出迎えた。

「なんだか懐かしい感じですねぇ」

三和土に立って、赤いベストを着た若い男性が宿の中を見まわした。

「素朴な佇《たたず》まいでいいじゃないか」

顎ひげをたくわえ、黒い蝶《ちょう》ネクタイを付けた年輩の男性は板間に腰かけて靴を脱いだ。

「田舎の旅館で何もおもてなしできませんが、どうぞごゆっくりおくつろぎくださいませ」

正座して美咲が頭を下げた。

「僕らは〈東京鮨倶楽部《くらぶ》〉のメンバーなんです。旨い寿司があればどこへでも出かけるという寿司フリークです。今日は名誉顧問の竹内《たけうち》先生をお連れしましたので、気合を入れてくださいよ」

〈東京鮨倶楽部〉事務長という肩書の名刺を差しだしたのは、牧山《まきやま》という中年の男性だった。どうやら蝶ネクタイの男性が竹内らしい。テレビのグルメ番組でもときどき見かける顔だ。

智也の寿司がどの程度のレベルにあるのか、美咲にはまだよく分からないが、専門家集団がわざわざ食べにくるほどのものとは思えない。それに『海近旅館』の料理は寿司だけではない。とてもじゃないが食通の口に合うような料理ではないことは美咲が一番よく知っている。

「ネットでこの宿のことを見つけたのは早乙女《さおとめ》くんなんですよ」

牧山の言葉に、赤いベストの男性がちょこんと頭をさげた。

「わたしと織田《おだ》は〈東京鮨倶楽部〉のウェブサイトを担当しておりまして、今日はこちらのお宿のことをニュースで流すつもりなのですが、問題ないですね？」

首からカメラをさげた早乙女が美咲にレンズを向けた。

「え、ええ。うちみたいな宿でいいんですか」

美咲は戸惑いの表情を隠せずにいる。

「早乙女くん、女性にいきなりカメラを向けたりしちゃ失礼だろう」

顎ひげを撫でながら竹内が早乙女をたしなめた。

「そのとおりだ。女将さん、許してやってくださいね」

牧山が早乙女の頭を小突いた。

「お部屋のほうへご案内します」

立ち上がって美咲は階段へ向かい、四人は物珍しそうに周りを見回しながら、そのあとに付いていった。

「なんだか厄介な客みたいだぞ」

厨房の入口から様子を窺っていた源治が眉を八の字にした。

「何がです？」

手を止めて智也が訊いた。

「どうやら食通のグループみたいだ」

「相手が誰だろうと、僕らはできる限り美味しい料理を出すだけですよ」

淡々とした表情で、智也は魚をさばき続けている。

「智也さんの寿司はいいとして、他の料理が心配だ。食通という人たちは気に入らないとクソミソに言うからな」

源治が顔を曇らせた。

「放っておけばいいんです。味覚は人それぞれですから。万人に向く料理なんて無理ですよ。こっぴどく批判されたことなんて何度もあります」

智也は鋭い視線を向けて包丁を研ぎはじめた。

『初島』に案内された四人はいっせいに窓際に駆け寄った。

「しかしこの眺めはすごいな。さすが『海近旅館』と名付けただけのことはある。絶景という言葉がぴったりだ」

竹内の言葉に三人は大きくうなずいた。

「早乙女くん、お手柄だな。この眺めだけでも来た甲斐がある」

牧山がデジカメで海の写真を撮った。

「寿司はともかく、と言ったら女将さんに失礼ですが、この絶景は間違いないと思ってました」

早乙女は美咲の表情を窺ったあと、窓から海を眺めた。

早乙女と同じほうに目を向けて、美咲はホッと胸を撫でおろした。たとえ智也が握る寿司の評価が低かったとしても、この眺めの素晴らしさでいくらか相殺される。そう思った直後にまた思い直す。眺めだけに頼っていてはいけない。この海がなくなったとしてもお客さんが喜んで帰ってくれるような宿にしなければいけない。寿司はその第一歩なのだ。

「たしか、風呂からも同じ眺めなんですよね」

タブレットを手にして、織田が美咲に問いかけた。

「はい。今おひとりお入りになってますが、もうそろそろ上がられると思います。今日は他のお客様の到着が遅い予定ですので、夕食までのあいだはゆっくりお入りいただだけます」

「それはありがたい。海を見ながらゆっくり風呂に入って、そのあとは寿司だ。最高じゃないか」

竹内が顎ひげを撫でた。

「十分後くらいなら大丈夫だと思います。どうぞゆっくりお愉しみください。皆さん浴衣は〈大〉でいいと思います。バスタオルは、こちらからお持ちください。お風呂には小さなタオルしか置いておりませんので。もし浴衣のサイズが合わないようでしたらおっしゃってください」

座敷机に四人分のお着きの菓子と茶を置いて、美咲は『初島』をあとにした。

「とてもいいお湯だったよ」

階段を降りようとした美咲の背中に、タオルを首に巻いて吉沢が声をかけた。

「温泉じゃなくて申し訳ないのですが、そのぶん景色で補っていただければ」

丸盆を小脇に挟んで美咲が吉沢に笑顔を向けた。

「熱海でさんざん温泉に入っているから、かえって真水の湯が新鮮に感じますな」

「そう言っていただけると救われます。皆さん伊豆の宿には温泉があるものだと思いこまれているので、しょっちゅう叱られてます」

「そういう客には冷泉だと言っておきゃいいんです。温度が低いから温泉だと言えないんだと。食いものもそうだが、今の人たちはうんちくがないと愉しめないようですな。わたしは若いころに、さんざんうんちくを語ってきたので、もううんざりです」

吉沢が顔じゅうにしわを寄せて笑った。

「お食事は六時ごろでよろしいですか」

「おたくのご都合に合わせますよ。ちょいと宵寝をしようと思ってますから」

「ありがとうございます。お食事の用意ができましたら、声をかけさせていただきます」

言い置いて、美咲は風呂場の様子を見に行った。

風呂を使ったあと、桶《おけ》や椅子を乱雑にしたまま出ていく客も多いが、吉沢のマナーは満点だった。

桶も椅子も元の位置に置かれ、脱衣かごはきちんと裏返しにされている。風呂を使った痕跡を残すことなく出ていったのだ。

気分を良くして美咲は『初島』の前に立った。

「失礼します。お風呂が空きましたので、よろしかったらどうぞお入りください」

ふすまの外から声をかけると、中から一斉に声が上がった。階段を降りて美咲は厨房に入った。

「美咲さん、仕込みを手伝ってもらえますか」

金目鯛のうろこを取りながら、智也が顔を美咲に向けた。

「何をしましょう」

白い割烹着《かっぽうぎ》を着けて美咲が智也の傍に立った。

「お隣の旅館からいただいた鯵を寿司にしたいので、三枚におろしてもらえますか」

智也は金目鯛をていねいに洗っている。

「はい」

返事をしたものの、小さな鯵を三枚におろすのは大変そうだ。まな板に並べた鯵を、美咲は真剣なまなざしで見つめた。

「一匹やってみましょうか。よく見ていてくださいね」

金目鯛をざるに置いて、智也が小出刃を手にした。

ゼイゴとうろこを取って、頭を落とし、骨と身の間に包丁を入れ、智也はあっという間に三枚におろした。

「こんな感じです。やってみてください」

智也から渡された小出刃を手にした美咲は、ゼイゴを取るところまでは順調だったか、頭を落とそうとして、包丁が途中で止まってしまった。

「包丁を入れる場所が違うとそうなるんです」

微笑んで後ろに回り、背中から抱きかかえるような姿勢になった智也は、小出刃を美咲の手に握らせて自分の手を重ねた。

「ここです。刃は斜めに入れます。ここで包丁を止めます、この感触を覚えておいてくださいね。そして裏返してまた斜めに刃を入れて、最後に切り落とす。こんな感じです」

手にかぶさる智也の手のひらは驚くほど冷たかった。

「そんなに力は入ってないんですね」

頬を紅く染めて、美咲は小出刃を握りなおした。

「ある程度の数をこなさないと見えてきませんが、どんな魚でも包丁を入れる目があるんです。そこに刃が入ればそれほど力を入れなくてもすっと切れます」

言い置いて、智也が美咲から離れた。

自分の手に智也の包丁さばきが感覚として残っているあいだに、と美咲はすぐに小出刃を動かしてゼイゴを取り始めた。

智也の言葉どおり、さばくうちに少しずつコツが分かってきて、スムーズにおろせるようになった。とは言えプロとはほど遠いおろし方であることは自分でも分かる。寿司通を自任する客たちに出していいのだろうか。美咲はそんな疑問を正直に智也に投げかけた。

「『海近旅館』は寿司屋じゃない。旅館なんです。それを忘れないでください。もちろんお客さまからお金をいただいて料理を出すのですから、心を込めて作らないといけませんが、銀座の寿司屋を真似《まね》る必要はありません」

智也が真っすぐに唇を結んだ。

「智也さんの言うとおりだ。うちは民宿に毛が生えたような大衆旅館なんだから」

源治は自分に言い聞かせるように胸を張った。

秋の日はつるべ落としと言われるが、まさにその言葉を実感する夕暮れだった。智也の傍らで料理の支度をするうち、あっという間に『海近旅館』は宵闇に包まれた。

到着が遅くなるといっていた、ふた組の客はようやく着いたばかりだ。夕食は遅い時間を希望してきたので、吉沢と寿司好きの四人連れの食事を先に始めることにした。

『富戸』と『初島』の夕食が始まって二十分経ったころ、準備万端を整えた智也が、美咲を伴って階段を上がりはじめた。

「なんだか緊張する。大学受験の朝みたい」

美咲が小声で言った。

「大丈夫ですよ。合格も不合格もないんですから」

両手で盆を持ったまま、先を行く智也が振り向いた。

「そうかしら。喜んでいただけなければ不合格でしょ」

「お客さまの好みに合わなかったからといって、不合格とは言えません」

智也がきっぱりと言い切った。

『富戸』の前の廊下に座って、声をかけたのは美咲だった。

「失礼します。お寿司を始めさせていただいてよろしいでしょうか」

「どうぞ」

吉沢が明るい声で短く答えた。

「失礼します」

智也がふすまを開け、美咲がそのあとに続いた。

「ほう。ずいぶんとお若い板さんですな。よろしく頼みますよ」

「こちらこそです」

座敷机に檜の板を置き、智也が手際よく準備を進める。美咲はそれを目で追いながら、吉沢に訊いた。

「ビールが空になっていますけど、お代わりをお持ちしましょうか」

「では冷や酒を少しいただけますかな」

『杉錦《すぎにしき》』という藤枝《ふじえだ》のお酒がありますが、それでよろしいですか」

「飲んだことのないお酒です。それをお願いします」

「承知しました。一合でよろしいでしょうか」

美咲の問いに吉沢は笑みを浮かべてうなずいた。

「特に苦手な魚などございますか」

美咲が部屋を出たあとに智也が口を開いた。

「魚はなんでも美味しくいただきますよ」

ネタを見まわして吉沢が生唾を呑みこんだ。

「お住まいはどちらで」

智也が山葵をおろし始めた。

「東京と熱海を行ったり来たり。伊豆にいる時は気楽でいいです。散歩ばかりしています」

吉沢が浴衣の襟を直したところへ美咲が戻ってきた。

「お待たせしました」

大ぶりの片口と杯を吉沢の前に置いた。

「それでは始めさせていただきます」

正座した智也が頭を下げ、『富戸』での寿司が始まった。

赤ハタ、鯵、ミル貝、サンマ、カンパチ、金目鯛とリズミカルに握る智也に合わせ、吉沢はテンポよく食べ続けた。

「キャッチボールのようで愉しいですな。寿司はこうじゃないといかん」

「ぜんぶ地のものでいければいいのですが、なかなか予算が合いませんので」

智也がヅケマグロを握って、吉沢の皿に置いた。

「金目鯛まで出るんだから、宿代を考えればこれで充分です。何よりネタとシャリのバランスがいいですな。煮切りの塩梅《あんばい》もいい。しばらく通わせていただきますよ」

吉沢が相好をくずした。

「ありがとうございます。このあとは巻かせていただきますが、胡瓜か干瓢《かんぴょう》のどちらがよろしいでしょうか」

「干瓢をいただきます」

「四つ切か六つ切のどちらに？」

「六つ切の山葵抜きでお願いします」

「承知しました」

智也が巻き簾《ます》を広げた。

「このあともまだお料理が続きますので、どうぞごゆっくりお召し上がりください」

ふたりの小気味いいやり取りを横で聞いていた美咲が言葉をはさんだ。

「もうお腹が大きくなりましたから、あとはお酒のアテていどで充分です」

吉沢は腹をさすってみせた。

「このあとに天ぷらが出るんですが、どうしましょう」

美咲が訊いた。

「鯖《さば》の熟《な》れ寿司だとか、焼椎茸《やきしいたけ》なんかのほうがいいですかね」

智也が言葉をはさむと、吉沢がにっこり笑う。

「そっちがいいねぇ」

「かしこまりました。白いご飯はどうしましょう」

美咲の言葉に吉沢は腹を指さして、手を横に振った。

「他のお部屋へお寿司を握りに参りますので、何かご用がありましたら、そちらの電話をお使いください」

自分が言うべき言葉を、代わりに言ってくれた智也を、美咲は頼もしげに見つめた。

『富戸』をあとにした智也は檜の板を抱えて『初島』へ向かった。

「先に準備してますから、『富戸』のお客さんのオーダーをオヤジさんに伝えてきてください。『初島』のネタとシャリもお願いします」

智也の声を背中に受けて、美咲は階段を下りて行った。

「失礼します。お寿司をお持ちしました」

智也の声に、間髪を入れずふすまが開いた。

「待ってました」

酒が入っているせいだろうか。待ちかねた芸者が来たかのように大きな歓声が上がった。指笛に合わせて拍手が続く。

「ネットの写真で見たより若いねぇ。どこで修業したの？」

「ずいぶん日焼けしてるけどゴルフかい？」

「いつからここで握ってる？」

「寿司ネタは地元？」

矢継ぎ早に質問が飛んできたのを受けて、智也は苦笑しながら四人を見回した。

「失礼します」

小ぶりのお櫃とネタ箱をたずさえて、美咲が『初島』に入った。

「さすが伊豆だ。いいネタが揃ってるな」

牧山が一眼レフカメラのレンズを伸ばした。

「だが、ぜんぶ地の魚じゃないよな」

ネタを見回して、竹内が顔を曇らせた。

「こんなマグロが伊豆で揚がるわけないですよ」

早乙女が鼻で笑った。

「では始めさせていただきます」

正座して智也が手酢を付けた。

四人が四人、身を乗り出してカメラを構える姿は異常といえば異常な眺めだ。美咲は必死で笑いをこらえた。だが、次の瞬間にその笑顔が引きつった。

〈鮨採点表〉と表紙に書かれた、お揃いのノートを四人が広げたからだ。

「それは？」

美咲の顔がこわばった。

「わたしたちの独自の基準で店の寿司を採点しているんですよ。ネタの質、シャリの酢加減、山葵の質、握りのバランスをそれぞれ五点満点で採点するのですが、あまり気にしないでください」

早乙女がノートを繰って、これまでの記録を見せた。

美咲はどう言葉を返していいのか分からず、明らかに動揺しているが、智也はまったく気に掛ける様子も見せず、淡々と寿司を握り続けている。

吉沢のときと同じネタを同じようにテンポよく握り、四人の前の皿に置いた。吉沢と違ったのは、誰もがほとんど言葉を発することなく、写真を撮り、食べて、ペンを持って書きつける、を繰り返したことだ。

「このあとは巻きになりますが、胡瓜か干瓢かどちらかお好みで」

智也の問いかけに四人はそれぞれ好みを告げ、巻き簾を広げた智也はそれに応えた。

四人はどんな採点をしたのだろうか。美咲は気になって仕方ないのだが、智也は相変わらずノートには目もくれず、リズミカルに巻き寿司を切っている。四人はその手元を食い入るように見つめている。ペンを持った竹内が何かを書きつけたが、その表情からは評価の高低はまったく窺えない。

そもそも智也が握った寿司に対して、誰ひとり感想を言わないから、満足したのかどうかも分からないのだ。美咲は息苦しさを覚え、一刻も早くこの場から立ち去りたい思いになった。

「女将さん、ひとつ頼みがあるのだが」

顎ひげを撫でながら竹内が美咲に向き直った。

「なんでしょう」

美咲が身構えた。

「我々のほかに、今夜この寿司を食べたお客さんがいらっしゃれば、ここに記入して欲しいのですが、お願いできますか？」

竹内が採点表を見せた。

「はぁ」

どうしたものかと美咲は戸惑い、智也の顔を見た。

「承知しました。おひとりで召し上がったお客さまが居られますので、お渡しいたします。ただ、記入されるかどうか、は先方のお気持ち次第ですので」

「どんなお客さんだね？　寿司を食べ慣れているふうだったか？」

牧山が訊いた。

「お寿司が一番の好物だとおっしゃってました」

美咲が答えると、四人は顔を見合わせてニヤリと笑った。

無事に、と言っていいのかどうか、とにかく『初島』での寿司が終わった。美咲は重い気持ちをひきずったまま部屋を出た。

「何も気にすることないです。いろんなお客さんが居られますから。いちいち気にしていたら旅館を続けることなんかできませんよ」

美咲の耳元でささやいた智也は、階段を降りて厨房に向かい、美咲は採点表を渡すべきかどうか、迷いながら懐に仕舞って『富戸』の前に座った。

そして、ふと頭をよぎったのは、病院のベッドで無心に折紙を折っていた房子の言葉だ。

――折紙って人生そのものね。山折りがあって谷折りがあって、両方あるからちゃんと形になる。折ってるときはそんなことは考えてないけどね――

やせ細った指で紅白鶴を折っていた房子は、きっと自分の人生ではなく『海近旅館』の辿ってきた道を振り返っていたに違いない。

「失礼します。よろしいでしょうか」

「どうぞ」

明るい声が聞こえて、ホッとした美咲はふすまの引き手に指を掛けた。

「お食事のほうはいかがですか。何か足りないものがあったら遠慮なくおっしゃってくださいね」

「お寿司は無事に終わりましたか」

小さな飛騨《ひだ》コンロで椎茸を炙りながら、吉沢が美咲に笑顔を向けた。

「はい。ですが無事かどうかは……」

懐にはさんだ採点表が気になるせいもあって、美咲は表情を暗くした。

「旅館や料理屋には、いろんな客が来ます。ちゃんと向き合うことはだいじだが、あまり気にせんことです。精いっぱいのもてなしをしたかどうか。悔いさえなければそれでいいじゃないですか」

吉沢が手酌で酒を注いだ。

「ありがとうございます」

急に何かが込みあげてきて、こらえきれなくなった美咲はたちまち瞳を潤ませた。

「余計なことを言いましたかな」

吉沢が空になった片口を美咲に見せた。

「すぐにお代わりをお持ちします」

小指で目じりを拭って、美咲が片膝をついた。

「いや、さっきと同じように電話をします」

体の向きを変え、吉沢が座ったまま受話器を耳に当て、酒を注文するとすぐに階段を上がってくる足音がした。

「失礼します。お酒をお持ちしました」

恵が酒瓶を持って『富戸』に入ってきた。

「何度も注文いただくのも面倒でしょうから、瓶ごと置いておきます。代金は減った分だけいただきますので」

気が利いているのか、手間を省いているだけなのか、恵の意図を読み切れないまま、美咲は『杉錦』を受け取った。

「合理的でいいですな」

吉沢が片口を差しだし、美咲は八分目ほど酒を注いだ。

こういう客がもっと増えてくれれば。美咲はそう思った。

美咲のおすすめ宿厳選８軒

和味の宿　角上楼

no. 6

母の跡を継いで、初めてよその旅館に泊まったのが『角上楼《かくじょうろう》』。愛知県渥《あつ》美《み》半島の端っこにある宿です。海がすぐ近くにあるのに海は見えません。温泉もありません。でもとても居心地がよくて料理が美味《おい》しい。そう聞いて、父とふたりで泊まりに行ったのです。

豊橋駅で新幹線を降り、宿まではいつものようにレンタカーです。父はずっと助手席で居眠りしていました。

少し道に迷いましたが、無事に宿にたどり着くと、どことなく『海近《うみちか》旅館』に似た玄関です。古さも規模もおなじぐらいかなぁと親近感がわきました。

宿のなかの雰囲気もよく似ていて、昭和レトロと呼ばれる空気が流れています。

「うちもこんなふうにできればいいのだが」と父がつぶやいたように、古い造りを上手に手直ししてある宿は、いいお手本になりそうです。

玄関のすぐ横に二階へ上がる階段があるのも、うちの宿とおなじです。ぎしぎしと音を立てながら二階の客室へ向かうと、廊下にモザイクタイル貼りの洗面所があったりして、本当によく似ていますし、でも懐かしいんです。

客室はむかしの佇《たたず》まいを残しながら、今風にリニューアルされていて、とても使い勝手もいいです。父とふたりで泊まるのがなんだか気恥ずかしくなるぐらいオシャレな造りの部屋です。温泉ではありませんが、別棟に大浴場が造ってあります。うちとおなじで、とてもよく温まる、いいお湯でした。

感心したのはラウンジです。中庭を眺めながら、夕食前のひとときをのんびりと過ごせるのです。フリードリンク制になっているので、ついつい飲み過ぎてしまうのが玉に瑕《きず》ですが、父は大喜びでした。

カウンターでいただく夕食も素晴らしかったです。ご主人自らがカウンターのなかで料理されるのですが、伊豆に負けず劣らずの新鮮なお魚には大満足でした。「うちも寿司《すし》カウンターを造るか」、と父が言ったとおり、いいお手本になりそうです。

古い建物を取り壊さなくても、こんな素敵な懐かしさを演出できるのですね。

ちょっと勇気が湧く宿の朝ごはんも理想的なものでした。もちろん晩ごはんもですが、朝ごはんって宿にとっては、本当にだいじなんだと改めて感じました。場所は少し不便ですが、わざわざ泊まりに行く価値は充分ありますよ。

『和味の宿 角上楼』
住所：愛知県田原市福江町下地38　電話：0531-32-1155

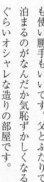

第七章　荒海

1

『富戸』の間で吉沢とひととおり世間話を交わし、美咲は片膝をつき、立ち上がろうとして、胸元にはさんだ紙に気付いた。

「そうそう。これをあちらの部屋のお客さまから言付かってきましたが、ご迷惑でなければ」

おそるおそるといったふうに、美咲は採点表を吉沢の前に広げた。

「なんですか、これは」

吉沢が眼鏡を掛け直した。

「お寿司の採点表だそうです。お寿司が好きな方々のグループみたいで、皆さんで採点して評価なさるのだそうです」

美咲が座りなおした。

「〈東京鮨倶楽部〉……。この会のメンバーが泊まっているんですか？」

「はい。うちのお寿司を目当てにいらっしゃったようで」

「こちらのお寿司はそんなに有名なのですか？」

「いえ、実は……」

美咲がいきさつを話すと、吉沢は時おり相槌《あいづち》をうちながら、真剣な表情で聞き入っていた。

「冗談かと思いましたが、この人たちはどうやら真剣にやってるようですな」

採点表を広げて、吉沢が苦笑いを浮かべた。

「うちなんかはお寿司屋さんじゃありませんので、採点と言われても困るのですが、お客さまのご依頼ですからお断りするのも失礼かと」

採点表を横目で見ながら、美咲が困惑した顔で言った。

「女将さん、その中にひげを生やした人は居ませんでしたか？」

吉沢が顎に二本の指をあてた。

「ええ。おいでになります」

「やっぱり」

吉沢がにやりと笑った。

「お知り合いの方ですか」

美咲が怪訝そうな顔をした。

「お店や宿が話題になると、いろんな輩《やから》が集まってきますが、いちいち気にせんことです」

眉をひそめた吉沢が、丸めた採点表を屑《くず》かごに放り込んだことに、少しばかり不安を抱いた美咲だが、それ以上は考えないようにした。

「明日の朝食ですが、何時ごろにいたしましょう」

「年寄りは朝が早いのだが、何時から用意してくれますか」

「できるだけお客さまのご希望に合わせるようにしております。父も朝は早いほうですから」

「六時半くらいでもいいですか？」

吉沢が遠慮がちに訊いた。

「承知しました。簡単な朝食ですが、六時半にお部屋までお持ちします」

「わがままを言って申し訳ないがよろしく頼みます」

吉沢が採点表に記入しなかったことを告げるべきかどうか、一瞬迷ったものの、美咲は『初島』には向かわずに、階段をゆっくり降りていった。

がらんとした厨房の隅っこで、源治がひとり新聞を広げている。恵と智也はゲームにでも興じているのだろうか。スマホを手にして真剣な顔で画面を操作している。

「飲みにいきませんか」

スマホを置いて、突然智也が源治に声をかけた。

「そうだな。もうゲームも飽きちゃったしな」

恵が伸びをした。

「『喫茶ファースト』でも行くか」

源治が嬉しそうな顔で新聞を畳んだ。

「美咲さんもいかがですか？」

智也が美咲に顔を向けた。

「お泊まりのお客さまを放っておいて留守にするわけにはいかないでしょう。三人で行ってらっしゃいな」

「そうかぁ。すみませんね」

恐縮したような素ぶりをして、三人は意気揚々といったふうな足取りで出ていった。

ひとり残った美咲は厨房の中のスツールに腰かけ、ティーバッグの紅茶を淹れて飲んだ。

『海近《うみちか》旅館』の行く先に少しばかり明るい光が見えてきた。と言ってもそれは、胸を張って突き進んでいけるほどのものではない。

智也の寿司が人気だといっても、急に売上が増えるわけではないし、借金の完済なんて夢の世界だ。

洗いあがった器を布巾で拭いながら、美咲は房子の顔を天井に浮かべてみたが、返ってくる言葉は、いつもと同じだった。

――お客さまはけっして神さまではありません。でも、ときどき神さまがお客さまになってお越しになることはあります――

この夜、厨房の片付け、風呂掃除を終えて眠りに就くまで、房子の言葉が美咲の頭から離れることはなかった。

2

厨房の時計は五時を指していた。吉沢の朝食準備に、美咲が厨房に入ると、源治はすでに支度をはじめていた。

「おはよう」

洗ったばかりの顔をタオルで拭きながら、美咲が声をかけた。

「えらく早いじゃないか。まだ寝とってもええぞ」

「ありがとう。でも、そうはいかないわよ。お父さん、夕べは遅かったんでしょ」

「えらく盛り上がってな。結局閉店までおった」

「三人とも？」

「もちろん。すっかり智也さんにご馳走になっちまって」

「だめじゃない。智也さんにはまだお給料も払ってないんだし」

「それはそうと、耐震工事を早くやらんと、そのうち営業できなくなるらしい」

「ずっとその話はしてきたじゃない。何よ今さら」

美咲が炊飯器に火を点けた。

「先立つものがねえんだから仕方ないじゃないか」

源治が味噌汁の味を見た。

「それはいつだって同じでしょ」

そう言いながらも、どうしたものかと思い悩んだ。

先日の地震では建物や食器に被害はあったものの、大きく営業に差し支えるほどのことはなかったが、もっと大きな地震がくれば宿泊客に被害が及ぶこともあるかもしれない。法律や規則がどうとかいう以前に、泊まり客の安全を確保するために耐震工事は不可欠だ。それは分かっているのだが、源治の言うとおり、資金のめどはまったくといっていいほど立たない。

考えたからといって妙案がでてくるものでもない。それよりも目の前に差し迫っているのは朝食のことだ。

夕食には〈智也の寿司〉というスペシャルがあったからいいようなものの、干物と味噌汁だけが売り物の朝食に吉沢は落胆するのではないか。そんな思いにかられながら、美咲は房子から受け継いだぬか床を手探りし、茄子の漬物を取りだした。

――ぬかの香りまで洗い流しちゃだめだよ。ふき取るくらいでいいんだからさ――

房子の言葉が耳にこびりついている。美咲は茄子のぬかをさらっと流して、まな板に置いた。

茄子紺色。房子がこだわっていた色は失っていない。包丁を入れて美咲は安堵した。

炊き立ての白飯に茄子の漬物。これが何よりの『海近旅館』のご馳走だ。美咲はそう確信した。

「少し早いけど、持っていくか」

源治が差し出した長手盆を受け取って、美咲は漬物皿を載せた。厨房の掛け時計は六時二十分を指していた。

「おはようございます」

『富戸』の間の前に正座した美咲が小さく声をかけた。

「おはよう。早くから申し訳ないね」

周りを気遣うように、吉沢は部屋の中から声をひそめて返事をした。

「ゆっくりお休みになれましたでしょうか」

『富戸』に入った美咲は後ろ手にふすまを閉めた。

「ありがとう。ぐっすり休めましたよ」

吉沢はタオルで額の汗を拭っている。

「お湯加減はいかがでした？　朝は少し熱めにしているのですが」

「やっぱりそうでしたか。昨日とは違うなと思ってました。温泉でもないのに、そこまで気遣っていただくと、客は嬉しいものです」

「こんな朝ご飯しかご用意できなくて申し訳ないのですが」

美咲は座敷机に朝食を並べた。

「これこれ、これですよ。味噌汁と干物と漬物。ご飯とこの三つがあれば充分です。朝から余分なご馳走は要らんのですよ」

吉沢は座敷机の上を見回して目を輝かせた。

「お布団はどういたしましょう」

「このままにしておいていただけますか。朝めしのあとに二度寝するのも好きなんですよ」

「承知しました。うちは特にチェックアウトの時間を決めておりませんので、どうぞごゆっくりなさってください」

「何よりの贅沢ですな。お言葉に甘えます」

箸を手に取って、吉沢が相好を崩した。

満足そうな吉沢の表情にホッとして、美咲が階段を降りていくと、珍しく朝早くから恵が帳場に座っている。

「おはよう。何を難しい顔してるの？」

「これ、見てみろよ」

恵がパソコンのディスプレイを美咲に向けた。

「――川奈の旅館の田舎鮨に落胆――。ネタの数も少なく、新鮮さだけに頼って、江戸前の仕事ができていない。期待したのが間違いだった。ネタ2点　シャリ1点　山葵0点――これって……」

美咲が顔を曇らせた。

「今ごろ『初島』で高いびきかいてる連中の書き込みだ。夕べのうちに投稿したんだろうな。もうコメントがいっぱい付いてる」

恵が苦虫を嚙みつぶしたような表情になった。

「しょうがないじゃない。昨日のお寿司を食べて、この人たちはこう思ったんだから」

「でも、うちは寿司屋じゃないんだから、銀座や西麻布の店と比べることないじゃないか。トモのことまでこんな書き方して……。トモに申し訳ないよ」

恵は目を真っ赤に充血させている。

「ドンマイ、ドンマイ。何を言われても、うちはうちらしくやっていけばいい。そのうち、杉本さんみたいに、お寿司を褒めてくれるお客さんが書き込んでくれるわよ」

「それがそうもいかないんだよ。もう夕べのうちからキャンセルが入ってる。きっとこの〈東京鮨倶楽部〉の評価を見たんだろう。誰だってこんなの見たら、行きたくなくなるさ」

恵が肩を落とした。

たしかに恵の言うとおりだ。書き込まれた記事を読み終えて美咲はそう思った。いくら『海近旅館』は寿司屋じゃないのだから、と言っても言い訳にしか聞こえないだろう。料理を食べての感想は人それぞれだから、文句を言う筋合いではない。ネタの質がどう、とか、酢飯の具合が、など細かなことを評価すれば、このとおりになるのかもしれない。だがそれを点数化して見せつけられると、やっぱりへこんでしまう。そして恵と同じく、智也のことが一番心配だ。

「女将さん、すまないがお茶をお願いできますか」

いつの間にか吉沢が階段の下に立っていた。

「すみません。うっかりして。すぐにお持ちします」

美咲は厨房に駆けこんだ。

「なにかあったのですか？」

美咲の慌てぶりと、恵の深刻そうな表情が気になったのか、吉沢は恵に声をかけた。

「うちに泊まった、いや、まだ泊まってるお客さんが、ネットにうちの寿司のことを投稿されたんですが、それが……」

恵があとの言葉を飲みこんだ。

「拝見してもいいですか」

返事をする代わりに、恵は黙って吉沢にディスプレイを向けた。

「ちょっと失礼」

腰をかがめて、吉沢は目を細めた。

指先で文字を追いながら、ときに鼻で笑い、ときに嘆息し、最後まで読み終えた吉沢は恵に告げた。

「このグループがわたしより先にチェックアウトするようでしたら、必ず声をかけてください。きっとですよ」

「は、はい」

恵は吉沢の勢いに気圧されたのか、立ち上がって一礼した。

「遅くなりました」

丸盆に急須と湯呑を載せて、美咲が吉沢の傍らに立った。

「お願いします」

吉沢が先に階段を上がりはじめ、美咲はゆっくりとそのあとに付いていった。

〈東京鮨倶楽部〉の四人組は朝食を終えたあと、勘定書きを部屋に持ってくるようフロントに電話を掛けてきた。

「はい。すぐにお持ちします」

館内電話の受話器を戻して、恵は玄関のガラス戸を磨いていた美咲に声をかけた。

「美咲、『富戸』の吉沢さんを呼んできてくれ」

「吉沢さんなら、朝食のあとは二度寝したりして、ゆっくりしたい、っておっしゃってたわよ」

美咲はガラスに息を吹きかけ、クロスを持つ手を止めずに答えた。

「違うんだって。いいよ。俺が呼んでくる。『初島』の精算しておいてくれ」

「やめてよ。せっかくゆっくりされてるのに迷惑だよ」

美咲の言葉を無視して、恵は階段を上がっていった。

「もう。ホント兄貴は人の言うことを聞かないんだから」

唇をとがらせて、美咲は帳場に入り、伝票の横に電卓を置いた。

波の状態がいいからと、朝早く宇佐美に向かった智也はまだ当分帰ってきそうにない。夕食の仕込みまでに戻ればいいと言っておいて、本当によかったと美咲は思った。おそらく智也は〈東京鮨倶楽部〉が投稿した内容を知らずにサーフィンを愉しんでいるはずだ。もしも今ここに居たら隠すわけにもいかない。自分が握った寿司を酷評した客を前にすれば、智也だとていい気はしないだろう。いきおいトラブルになっても困る。悪評を振りまかれたとしても、客は客だ。チェックアウトまでは無事に済ませたい。

請求書を書き終えた美咲は『初島』に向かおうとして、恵と一緒に階段を降りてくる吉沢とすれ違った。

「女将さん。心配いりませんよ」

そう言って階段を降りた吉沢は、玄関の板間にあぐらをかいた。

心配という言葉は何を指しているのだろう。その意味を探りながら美咲は『初島』に勘定書きを届けた。

間を置かず、ぞろぞろと四人が降りて来て、ひとりずつが支払いをはじめた。飲みものもそれぞれ自分の分だけを払うというやり方で、金額をたしかめながらの精算は時間がかかる。

「寿司に点数を付けるっていうから、どんなに粋な人たちかと思ったら、えらく野暮な人ばかりなんだねぇ」

四人に背中を向けたままそうつぶやいて、吉沢がさっと立ち上がると、竹内が目を見開いて財布を床に落とした。

「吉沢先生……」

「竹内くん、きみはまだこんなくだらんことをやってるのかね」

吉沢が眉をひそめた。

「どこのじいさんか知らんが、くだらんとは聞き捨てなりませんな。我々は寿司業界発展のために身銭を切って、こんな伊豆くんだりまで来て、評価してやってるんだ。感謝してもらわんと」

首からカメラをさげた牧山が鼻を高くした。

「牧山。余計なこと言うな。この人は……」

竹内は牧山を制したが、財布をバッグに仕舞いながら、かまわず早乙女が追い打ちをかけた。

「そうですよ。竹内先生のような高名なグルメ評論家の方に、食べてもらった上に採点までしてもらったんだから喜んでいただかないと。もっとも低い得点になってしまいましたけどね。腕を上げたら招待してください。次は高い得点を差し上げられるかもしれませんよ」

早乙女が意味ありげな笑みを美咲に向けた。

「早乙女、やめろ」

竹内が声を荒らげた。

「竹内さん、どうしたんすか。いつも言ってることじゃないですか。昨日の投稿も好評ですよ。アクセス数も一万を超えました」

織田がタブレットを指でなぞってから、竹内のほうに向けた。そこには〈東京鮨倶楽部〉の投稿に賛同する書き込みが連なっていた。

黙って四人の話を聞いていた吉沢が、長いため息をついた。

「本も滅多に出さなくなったし、メディアでもあまり見かけないと思っていたら、きみはこんなくだらんことをやっていたのか。情けない」

吉沢が竹内をにらみつけ、吐いて捨てるように言った。

「あんたね、どこの誰かしらないけど、失礼じゃ……」

早乙女が気色ばんだのを、竹内が制した。

「もういい。行くぞ」

「よくないですよ。こんなジィサンに無礼なこと言われて」

憤懣《ふんまん》やるかたないように、早乙女が声を荒らげると、織田と牧山が大きくうなずいた。

「まるでごろつきだな。こんな連中と一緒になって、食通ごっこをしているようじゃ、きみももう終わりだ」

竹内はうつむいたまま無言を通している。

いつもの威勢のよさが影を潜めている竹内の様子に、ようやく何かを感じ取ったのか、三人は顔を見合わせて、抜いた剣の納めどころを探っている。

「きみたちにも家族はいるだろう。もしもきみたちの子どもが、誰かから点数を付けられたらどう思うかね。隣の子は十点だが、きみの子どもは三点だ。顔が二点、頭が三点だとか評価されて嬉しいかね」

吉沢が四人の顔を順番に見て続ける。

「きみたちはそれと同じことをやってるんだ。どんな寿司職人だって、誇りを持って仕事をしている。いや、寿司職人だけじゃない。料理人はみんなそうだ。そして店にはそれぞれのやり方がある。金持ちだけを相手にする店もあれば、安くて旨いを心がけている店もある。それらを全部一緒くたにして、自分たちだけの尺度で点数を付けたり、勝手な論評を加えるのはおろかなことだと思わんかね。ましてやここは寿司屋じゃない。一万円台の旅館だ。銀座なんかと比べるもんじゃないだろう」

何より美咲が驚いたのは、吉沢のハリのある声だ。これまでとはまるで別人のような声で語られると説得力がある。四人が互いに顔を見合わせるだけで、反論もできずにいるわけは、話の内容もさることながら、吉沢の政治家を思わせるような話しぶりと声にあるのだろうと美咲は思った。

「こちらのことを書いた投稿は削除します。織田、頼んだぞ」

竹内の言葉に、織田は不満げながら首を縦に振った。

敗軍の将のような竹内の振る舞いに、あとの三人は不承不承ながらしたがっているといったふうで、無言のまま宿を出ていった。

「一件落着ですな」

見送って吉沢が美咲の肩をたたいた。

「ありがとうございます。何がなんだかよく分かりませんが」

美咲は顔半分で笑った。

「さて、わたしもそろそろおいとまするとしますか。お勘定を」

吉沢は恵に顔を向けてから、階段をゆっくりと上がっていった。

「ジイサンにしては迫力あったな。スカッとしたぜ」

吉沢が二階へ上がったのをたしかめて、恵が口を開いた。

「吉沢先生って呼ばれてたでしょ。たぶん作家さんだと思うわよ」

美咲は板間のぞうきんがけをはじめた。

「吉沢健《たけし》。この人だな。時代小説家でありながら食に詳しく、飲食業界のご意見番的存在。多くの著名料理人、海外のシェフからも慕われている」

「やっぱり小説家だったんだ。そんな気がしたわ」

パソコンの画面に目を近づけている恵の傍に美咲が立った。

「あの竹内っていう人はさ、グルメ評論家で本も何冊か出版してるんだけど、この人を世に送り出したのは吉沢さんなんだって」

恵が検索した画面を美咲に見せた。

「そうか。それで頭が上がらないんだ」

少しばかり溜飲《りゅういん》をさげた美咲はぞうきんを持つ手に力を込めた。

「勘定書き、俺が持っていっていいか？」

恵が訊いた。

「わたしが持っていく」

美咲が片膝をついて立ち上がった。

「ちゃんと手を洗えよ」

「わかってるわよ」

恵がこんな配慮をしてくれることに、美咲は少なからず感動した。何もかも自分本位で、人の気持ちを慮《おもんばか》ることなどなかった恵が、吉沢との時間を作ってくれる。かつてなかったことだ。

宿というものは、みんなが互いの思いをはかり、それをたいせつにすることで成り立つものなのだ。宿側はもちろん、泊まっている客どうしも、そんな気持ちがあってはじめて気持ちよく過ごせる。そこを理解しない客がいると、すべての歯車が狂ってしまうのだ。

大きなホテルとの違いはそこにあると美咲は最近になって気付いた。気付かされたというのが正しいかもしれない。都心にある外資系のホテルなどがその典型だ。宿側が最大限の配慮をし、客はそれを享受することで成り立つ。客どうしの接触も極めて稀《まれ》なのだから、宿はどうやって客をもてなすかだけを考えればいい。だが『海近旅館』のような小さな宿では、宿と客、客と客が接触する頻度が高く、その触れ合いを心地よく感じるか、不快に思うかによって、宿の印象が大きく変わってくる。〈おもてなし〉。言葉でいうのは容易《たやす》いが、それを目に見える形にするのは本当に難しい。〈東京鮨倶楽部〉の人たちに対しても、もっと気遣いができたかもしれないと美咲は思うのだ。

吉沢という存在があったからではない。昨夜の夕食を出す場面で、彼らを愉しませるための最大限の努力をしただろうか。美咲はそんな思いにかられながら『富戸』の間の前で正座した。

「失礼します」

「どうぞ」

「お勘定書きをお持ちしました」

「ありがとう。ずいぶんとお世話をかけましたね」

「吉沢さんは小説家の先生だったんですね。大変失礼しました」

「なんですか。そんなにかしこまらないでくださいよ」

吉沢が浴衣をたたみながら、美咲に笑顔を向けた。

「どうぞそのままになさってください」

慌てて美咲が吉沢に駆け寄った。

「どうせ洗うのだからそのままでいいというのは、よくよく承知してますが、脱ぎ散らかしたまま帰ることができない性分でしてね」

「そんなお客さまは滅多におられません。子ども用の浴衣なんかお持ち帰りになる方もいらっしゃいますし」

「ひどい客がいるもんですねぇ」

浴衣をたたみ終えて、吉沢が勘定書きを手に取った。

眼鏡をかけ直し、金額をたしかめ、札と小銭を小さなトレーに載せた。

「カードでお支払いするとカード会社に手数料を払わなきゃいけないでしょうし。かと言って、釣りは要らんとか言うのも無粋ですからな。細かくて申し訳ないですな」

「いえいえ、このほうが助かります。ありがとうございます。領収書のお宛名はどういたしましょう」

「要りません。適当に処分しておいてください」

そう言って、吉沢が立ち上がった。

「これからすぐお帰りになるのですか」

美咲が訊いた。

「日蓮《にちれん》さまの背中でも拝んでこようかと思っています」

『富戸』の間をあとにして、吉沢が階段をゆっくりと降りてゆく。

神のお告げに導かれて、富久山が訪ねた『姥子神社』近くの海には、日蓮聖人《しょうにん》の像が沖を向いて立っている。吉沢もまた何かに導かれているのだろうか。

海に向かってゆっくりと歩を進める吉沢は、何度か振り返って、玄関先で見送る美咲に笑顔を向けた。

「あの四人組はヘビースモーカーだったみたいだから、部屋の匂いを消しとかんと思ってな。強力なヤツを買ってきた」

ひと騒動あったのに姿が見えないと思っていたら、源治は買い物に行っていたようだ。

「お寿司にたばこは大敵だと思うんだけどな」

源治を騒動に巻きこまなくてよかったと思いながら、美咲が眉をゆがめてみせた。

「あの連中は本当に寿司が好きなのかね。ただ通ぶって批評したいだけなように思える」

「そうかもしれないね」

たしかめてはいないが、〈東京鮨倶楽部〉の『海近旅館』の記事は既に消えているはずだ。源治や智也の目に留まらぬうちでよかった。美咲は胸のなかで吉沢に手を合わせた。

美咲のおすすめ宿厳選8軒

円かの杜

no.7

伊豆のお隣は箱根《はこね》です。うちにお泊まりに来られるお客さまのなかにも、箱根とセットにされる方は少なくありません。箱根のことも少しは勉強しなくては、ということで、兄と智也さんと三人で箱根へ一泊旅行に出かけました。

ピンからキリまでという言葉がピッタリです。どこに泊まればいいのか、迷いに迷ったあげく、ちょっと奮発して強羅《ごうら》の人気旅館『円《まど》かの杜《もり》』に泊まりました。智也さんのお奨めですから、間違いなく美味《おい》しいものが食べられると期待して行きましたが、期待をはるかに上回る美味しさに、三人とも舌を巻きっぱなしでした。

高級旅館ということで緊張していたのですが、玄関の横で大きな水車が回っていたので、ホッと心がなごみました。

宿のなかも、ふんだんに天然木が使ってあり、緊張感をやわらげてくれます。仰々しい構えではなく、そこかしこに流れている長閑《のどか》な空気は、旅館に泊まることで日ごろの疲れを癒してくれるのだと教えてくれます。

つくづく箱根をうらやましく思ったのは、その温泉の豊かさです。『円かの杜』では、それぞれの部屋に温泉が引いてあって、部屋にいながらにして箱根の雄大な景色を眺めながら温泉を愉《たの》しめます。兄と智也さんはおなじ部屋ですが、わたしは贅沢《ぜいたく》にもひとりで別の部屋に泊まらせていただきました。

なので、誰に気がねすることなく、お部屋の露天風呂を存分に愉しませてもらいました。いつの日にか彼と一緒に、と思わなくもありませんが、それはそれで気恥ずかしいかも、と思ったりして、ひとりでにやにやしながら箱根の湯を堪能しました。

　夕食は食事処《しょくじどころ》で摂《と》りますが、個室仕様になっているので気楽に夕餉《ゆうげ》を愉しめます。智也さんが太鼓判を押しただけあって、飛び切り美味しい料理の連続でした。お造りも新鮮そのものだし、前菜なんかも手が込んでいて、京都の割烹《かっぽう》屋さんを思いだすほどの繊細な料理でした。メインの飛騨《ひだ》牛ステーキもきれいな霜降り肉で、高級旅館の料理がいかに素晴らしいものかを思い知らされた気がします。

「とかく高級旅館は慇懃《いんぎん》になりがちだけど、この旅館のもてなしはとてもフレンドリーなんだ」と智也さんが言っていた言葉の意味がよく分かりました。

　晩ごはんのあとは大浴場で温泉を愉しみます。お部屋のお風呂もいいのですが、やっぱり手足を思いきり伸ばせる、広々としたお風呂はいいものです。満天の星空を見上げながら、箱根の宿の贅沢さに酔いしれたのでした。

『円かの杜』
住所：神奈川県足柄下郡箱根町強羅1320-862　電話：0460-82-4100

第八章　船出

1

〈東京鮨倶楽部〉騒動があったあとも、智也の寿司人気は続き、しばらくは平穏な日々が続いた。忙しいというほどではないが、閑散としているのでもない。いっときほどではないが、寿司だけが目当ての客もあり、わずかではあるが、以前にくらべると宿にも活気が出てきた。

朝食の片付けを終え、食器を洗って拭いて食器棚にしまう。毎朝の習慣になっているこの時間は、考えごとをするのにちょうどいい。その日の泊まり客を頭に浮かべ、あれこれと想像するのも愉しいが、この日はもう少し先のことを考えていた。『海近《うみちか》旅館』の将来のこと、そして智也のことが頭に浮かんできた。

順調に借金を返済できたとしても、次は耐震工事が待っている。念願の改装など、まだまだ先の話だが、一所懸命がんばれば夢ではない。

部屋ももう少し快適なものにしたい。せめてお手洗いくらいは部屋に作らなければ。そうそう、ベッドの付いた部屋もあったほうがいい。そうなると食事処を別の場所に設けたほうがいいかもしれない。離れを作ればそれも充分可能だ。

思い切って寿司カウンターを作ろうか。智也の顔を思い浮かべたところで、ふくらみ切った夢が弾けた。現実はそんなに甘くはない。

正式に雇用契約を結んだわけでもないし、智也がいつまで『海近旅館』にいるのかさえ分からないのだ。

智也はどう思っているのだろうか。『海近旅館』も自分のことも、嫌われていないことだけはたしかだと思うが、それ以上の感情を持っているのかいないのか、まったくもって分からない。

もっと言えば、美咲自身も気持ちを整理できていない。

純一の面影が消えたわけではない。幼なじみの明彦のことも心の片隅を占めている。

そして智也だ。

外見としては似ても似つかないのだが、言葉遣いやちょっとした所作は、純一とよく似ている。似すぎているといってもいい。重ねてはいけないという気持ちが、結果として智也に対して距離を置いてしまうことに結びついている。だからといってどうすればいいのか。答えは出ないままだ。

「美咲さん、今お手すきですか」

厨房の入口から声をかけてきた智也に、美咲は飛び上がるほど驚いた。

「え、ええ」

「ちょっとお話ししたいことがあるのですが」

智也がめずらしく美咲に強いまなざしを向けた。

もうそのときが来てしまったのか。智也は『海近旅館』を離れようとしているにちがいない。

「外の空気に当たりましょうか」

それが美咲には精いっぱいの言葉だった。

ふたりはほとんど言葉を交わすこともなく、いるか浜に向かい、玉砂利を踏みしめながら波打ち際を歩いた。

「誰もいない海っていいものですね」

智也が浜を見回した。

「夏場はうるさいくらいなんだけど」

美咲はまぶしそうに水平線を見つめた。

「メグさんから聞いてると思うんですけど、僕はずっと流れのシェフをやっているんです。一か所に留まることが苦手なのと、好きなときに好きな料理を作りたいのと、飽きっぽいのと。理由はいくつもあるんですけど」

小石を拾った智也が海に向かって投げた。

「そうなんですってね。でも料理の才能があって次々雇ってもらえるんだから、羨ましいような気もします」

美咲は自分でも何が言いたいのか、どう言葉を返せばいいのか分からず、思ったままを口にした。

「自分の店を持ちたいと思ったこともあるのですが、なかなかその絵が描けないんですよね」

美咲は智也の言葉にもどかしさを感じはじめていた。もったいぶらずに、もうやめたいのだとはっきり言ってくれたほうが、よほどすっきりするのに。

「わかりました。短いあいだだったけど、智也さんにはお世話になりました。本当に助かりました。父もやる気を出してくれましたし。ただ、うちはお給料もたくさん出せませんし、これ以上お引き留めするとご迷惑をかけると思いますので。次のお仕事もがんばってください」

不意に去って行かれるほど辛いことはない。せめて別れの言葉くらいは自分からかけたい。智也は一瞬戸惑った表情を見せたが、やがてそれは寂しげな顔に変わり、差しだした右手をやんわりと両手で包みこんだ。

「仕込みまでには帰ってきます」

いつものように宇佐美に向かうという智也は、本当に帰ってくるのだろうか。いつもと違う気持ちで智也の背中を見送った。

宙に浮いているような感じで歩き、やっとの思いで宿に戻ると、大きな足音が響いてきた。

「美咲、財前《ざいぜん》さんから電話だ。今夜の泊まりのことで話したいことがあるそうだ」

奥から出てきて、源治がコードレスホンを美咲に渡した。美咲はそれを耳に当てて、少しばかり大きな声で応対した。

美咲は一度も会ったことはないが、財前晋二《しんじ》は古くからの常連客だ。晋二が初めて『海近旅館』へ泊まりにきたのは、まだ中学生のときだったというから、五十年以上も前からの客だということになる。

源治の義父である正太郎が宿を始めたころはまだ民宿だったようだ。身内に網元がいたこともあって、新鮮な海の幸が手ごろな価格で手に入った上に、正太郎が料理好きだったせいで安くて美味しい魚料理が食べられる民宿だと評判になった。だからと言って、『海近旅館』と名付けたというのも、あまりに単純すぎると思うのだが。

今回は五年ぶりの宿泊ということで、あれこれとリクエストを伝えてくる。よほど愉しみにしているのか、それとも軽い認知症でも患っているのか、同じことを幾度も繰り返し依頼してくる。

最初は源治が電話を受けていたのだが、次第に面倒になってきたようで、ここしばらくは美咲にお鉢がまわってくる。今日も今日とて、目新しい話があるわけではなく、部屋は『初島』で間違いないか、夕食に伊勢海老の鬼殻焼《おにがらやき》は間違いなく出るか、追加料金はいくらでも払うから、最高の食材を使ってほしい。どれも何度も聞いた話で、間違いなくその手はずは整っている。何度そう伝えても晋二は安心できないらしい。

「また同じ話だったろ」

電話を切ると同時に源治が笑った。

「分かってるんなら、おとうさんが聞いてくれればいいじゃない」

美咲はコードレスホンを乱暴に源治に渡した。

「お前に言わないときっと安心できないんだよ。いきなり、女将さんに代わってください、だったからな」

「念のために訊いておくけど、伊勢海老の鬼殻焼は用意してあるわよね」

「安心しろ。耳にタコができるほど聞いてるから」

なぜそれほど晋二が伊勢海老の料理にこだわるのか、訊こうと思いながら、結局今日も訊けないまま電話を切った。源治の話では、五年前にもリクエストされたが、不漁が原因で出せなかったからだろうということだったが、それだけのことで、これほどしつこくこだわるものだろうか。

「泊まりはふたりってことだけど、どなたと一緒に見えるんだろうな。奥さんはとうに亡くなってるし、五年前に一緒に泊まった娘さんは海外に住んでるはずだし」

源治が首をかしげた。

「きっとその娘さんが里帰りしてくるのよ。それで何度も念を押してるんだ。そうか。鬼殻焼はその娘さんのリクエストなんだ。どこに住んでるのかは分からないけど、日本以外の国で伊勢海老の鬼殻焼なんて、きっと食べられない。だから繰り返し確認を……。分かるなぁ、その親ごころ。思いきり、腕によりをかけなくちゃね」

美咲が源治の肩をたたいた。

「なら、智也さんにも早く帰ってきてもらわんと。寿司を出してやったら、娘さんも喜ぶだろう」

「夜の仕込みまでには帰ってくる、って言ってたから大丈夫だと思うわ」

そう言いながらも、重い雲のような不安は美咲の胸をふさいでいた。

まだ陽が高いうちにやって来た財前晋二は美咲がイメージしていたより、ずいぶんと老けて見えた。

『初島』の間へ向かう階段を上がる足取りは重く、電話で聞いた声のハリも感じられず、別人かと思うほどだった。

「ようこそお越しいただきました」

畳に正座して、美咲が晋二に笑顔を向けた。

「何度もうるさくお電話をしてしまってすまないね。心配性なものだから」

窓の外に目を遣りながら、晋二が言葉を返した。

「とんでもありません。事前にご確認いただくと、こちらも安心です」

美咲はお着きのお菓子と茶を晋二の前に置いた。

「お菓子が変わりましたね」

晋二は温泉まんじゅうを手に取った。

「ええ。今年の春からこちらにしました」

「こちらのほうがありがたいです。以前のお煎餅は固くて入れ歯だと噛めなくてね」

温泉まんじゅうをふたつに割ると、晋二の指先からほんのり湯気が上がった。

「蒸したてなんですよ」

美咲がそう言うと、晋二は嬉しそうな顔で、半分を口に入れた。

「温かいものが恋しい季節になりましたので」

美咲は急須の茶を注いだ。

「つい最近まで暑い暑いと言ってたのに。なんだか夏と冬だけみたいになってしまって……」

晋二が窓の外に視線を移した。

「お連れさまは何時ごろにいらっしゃいます？」

美咲がふた組の浴衣を毛氈《もうせん》の上に置いた。

「夕食までには来ると思うのですが」

窓の外に目を遣ったまま、晋二が答えた。

「お夕飯は何時にいたしましょう」

「そうだねぇ。六時ごろでいいかな」

「承知いたしました。それまでごゆっくりおくつろぎください。お風呂の準備もできておりますので」

「温泉じゃないけど、こちらのお湯はあったまるんだよね」

ようやく窓から目を離して美咲と目を合わせた。

「はい。少しぬるめにしておりますので、どうぞ長湯をなさってください。夕方まで他にお客さまはいらっしゃいませんから」

「貸切りってことかな」

微笑みながら、晋二は茶を口に含んで、残りの温泉まんじゅうを食べた。

「伊勢海老の鬼殻焼を愉しみにされて、それまでゆっくりお湯をご堪能ください」

美咲は立ち上がって晋二に目配せした。

「この前は食べられなかったから、今日は本当に愉しみなんだよ」

晋二が目を輝かせ、また視線を窓の外に移した。

何度も窓の外を見ているのは、きっと相客を待ち望んでいるからに違いない。思い切って美咲は晋二に訊ねた。

「失礼ですが、お連れさまはどんな方なのでしょう。男性か女性かだけでもお知らせいただければ」

「娘なんですよ」

「娘さんはたしか海外でお暮らしだとか」

「ちょうど五年前に移住しましてね。その前の日にこちらで娘とふたり、父娘《おやこ》水入らずの時間を過ごしました」

「娘さんはお仕事の関係で移住されたんですか？」

「家内のあとを継いだといえばいいのか。看護師になってボランティアで南米のベネズエラという国に行っちゃった。かなり危険が伴うので、自分はもう死んだと思ってくれ、なんて馬鹿なことを言いましてね。男手ひとつで大事に育ててきた娘が、まさかこんなことになるとは思いもしませんでした。だが、亡くなった家内に似て、麻衣《まい》子《こ》は言いだしたら聞かないものだから……」

「そうだったんですか。でも、ご無事でよかったですね」

美咲はつとめて明るい声を出した。

「無事だといいんだがね」

晋二が窓のほうを向いた。

「五年前からからずっとお会いになってないんですか？」

「会うどころか、手紙の一本も寄こさない。電話ですら話したこともない。五年前、ちょうど今あなたが立ってらっしゃるところで、麻衣子はこう言いました。死人だから手紙も出さないし、電話もしないで、と」

晋二は薄らと目に涙を浮かべた。

「そうでしたか。でも今日は……」

座り直した美咲が、上目遣いに晋二の顔を覗きこんだ。

「そのときもわたしはここに座ってましてね。せめて五年に一度くらい顔を見せてくれと言ったんです。ひと晩でいいからこの旅館で、ふたり水入らずで過ごそう。たとえお互い幽霊になってでもいいから、と」

晋二の頬をひと筋の涙が伝った。

「そのお約束をされたのが今日なのですね」

黙ってうなずく晋二の横顔を見ていると、胸が張り裂けそうになった。

突然のできごとは人の頭をからっぽにさせる。美咲は朝からずっとそれを実感していた。

時計は午後四時を指している。

日によって、客の人数によって、多少の違いはあるものの、『海近旅館』の厨房で夕食の支度が始まるのは、おおむね夕方四時ごろである。

宇佐美へ波乗りに行っていても、必ずこの時間には厨房に入っていた智也の姿がない。美咲は何度も時計を見て、そのたびに顔を曇らせている。まさかこのまま帰って来ないなどということはないと思いつつ、不安はぬぐえない。

「今日は遅いな」

源治がぼそっとつぶやいた。

それは従業員が遅刻していることを非難するような声ではなく、身を案じていることがはっきりと分かる口調だった。

「サーファーの人は波が荒いのを愉しんでるんでしょうけど……」

海の怖さを身体の芯まで沁《し》み込ませている美咲にとって、海に行った誰かが予定どおりに戻ってこないのは、一秒の休みもなく胸をきりきりと痛ませる。それだけではない。今朝の智也の言葉が耳のなかで何度も繰り返され、台風が来る前の海のように、美咲の胸は荒く波立っていた。

「心配いらん。ひょこっと帰ってくるさ」

残念ながら源治の言葉は、かけらも慰めにならない。

純一と重ねないようにしようと思えば思うほど、胸はふさぐいっぽうだ。

しかし気がかりはそれだけではない。財前晋二が待ち焦がれている娘の麻衣子は、はたして姿を見せるのだろうか。美咲が時計に目を遣る頻度はますます高くなる。

四時半を少しまわったところで電話が鳴った。源治と目を合わせた美咲が受話器を取り、耳に当てると智也の弾んだ声が聞こえてきた。

「大丈夫？　遅いから心配したじゃないですか。それはいいんです。何も困ってませんから。気を付けてね」

電話を切って、美咲はホッとした顔を源治に向けた。

「何かあったのかい？」

源治も同じように肩の力を抜いたようだ。

「あんまり波がいいから、もう少し乗っててもいいかな、だって。人の気も知らないで」

美咲は頬を膨らませてみせた。

明るい電話の声と、今朝智也が見せた寂しげな表情との違いに戸惑いながらも、とりあえずは無事だということに安堵した。

「若いってのは、そういうことだ。無事ならいいじゃないか」

「まぁ。そうなんだけどね」

美咲は気がかりがひとつ減ったことで、いくらか胸を軽くした。

「『初島』の夕食は六時だったよな。ふつうにふたり分用意してもいいのかい？」

源治が訊いた。

「そこなのよ。どうすればいいんだろう。晋二さんは娘さんが来るって信じているようだし、六時にふたり分用意してくれればいい、って、おっしゃってるんだけど」

「そうしてあげればいいじゃないか。娘さんがお見えにならなかったら、そのときはそのときだ」

「そりゃそうだけど。ふたり分の料理を前にして、晋二さんが美味しく食べられるかしら」

「じゃあ、どうすりゃいい、ってんだ」

源治の言うとおりだ。じゃあ、どうすればいいのか。その答えを美咲は持っていない。

いつもに比べて時間の経つのが早く感じる。あっという間に五時半を過ぎ、そろそろ『初島』へ夕食を運ばなければならない。だが、智也はまだ帰ってこない。もう『海近旅館』の人間じゃないと思っているのだろうか。そんな情の薄い男だったのかと思うと、あまりに寂しい。

早くそんなことは忘れて仕事に集中しなければ。

ふたり分の料理を持ってゆくべきか、晋二の分だけを持っていったほうがいいのか。美咲は迷ったあげく、何も持たずに『初島』の前で正座した。

「失礼いたします。よろしいでしょうか」

「はい」

間をおかず晋二がふすまを開けたのは、待ち人が着いたと思ったからだろう。首を伸ばして美咲ひとりだと分かると、ため息をひとつついて肩を落とした。

「お連れさまはまだお見えになりませんが、お食事のほうはいかがいたしましょう」

美咲はしごく事務的に訊いた。

「六時ごろって言いましたよね。……もう少し待っていただいてもいいですか？」

腕時計を見ながら晋二が答えた。

「はい。うちは何時でも大丈夫です。では、お連れさまがお着きになってからにいたしましょう」

迷いが吹っ切れた美咲は、軽やかに立ち上がり、厨房へ急いだ。

「『初島』の夕食は遅らせることになったわよ」

「そうか」

包丁の手を止めて、源治が美咲に笑顔を向けた。

「五年間も待ったのに、ひとりで鬼殻焼を食べても美味しくないわよね」

掛け時計の針が六時に近づいている。美咲の気がかりがまたふたつに戻った。困っていないとは言ったが、夕食が始まる時間になっても帰ってこないのはおかしい。交通事故にでも遭ったのではないだろうか。不安は形を変えて次々と美咲の胸にやってくる。

美咲はふたりの待ち人を迎えに宿の外へ出た。

智也はいつも、宇佐美からの帰路に、海沿いの県道一〇九号線を使うと言っていた。国道一三五号線はよく渋滞するから、途中からは県道で『海近旅館』に戻ってくるんだと。たしかに県道は空《す》いていて走りやすいが、道幅が狭いのにスピードを出して走る車が多く、何度かヒヤリとさせられたことがある。

事故を起こしたりしていないだろうかと気にしながら、北のほうに目を遣り、向かってくる車を横目にした。

晋二の娘はおそらく伊豆急で来るだろう。日本に住んでいないのだから車はないはずだ。いや、しかしレンタカーという手もある。羽田から熱海へ出て、そこからレンタカー。それだとナビによってはこの県道を案内する可能性もある。美咲は頭の中に地図を巡らせながら、じっと目を凝らした。

数分経ったころだろうか。見慣れた智也の車がゆっくりと走ってきた。美咲はホッと胸を撫でおろしながら、驚かせようと電柱の陰に隠れた。

通りすぎたら追いかけていって……と思って横目で見た瞬間、美咲は金縛りに遭ったように手足が固まってしまった。

美咲の目の前を通りすぎていった車の助手席には、くっきりとした目鼻立ちの若い女性が乗っていたのだ。

なぜこんなに驚いているのか。泣きたくなるほど哀しい気持ちになるのか。そのわけを美咲は探ろうとしなかった。

口から心臓が飛びだしてしまいそうなほど、胸の鼓動は激しく波打っている。

ほんの一瞬なのに、女性の横顔が目に焼き付いてしまった。日本人離れした高い鼻、すっきりした切れ長の目。絵に描いたような美人だった。

恋人はいないと言っていた智也だが、いてもおかしくない。いたからといって、どうなのだ。智也はただ『海近旅館』の料理を手伝ってくれていた存在で、それ以上でも以下でもない。それに、もう去ってゆくのだ。その智也に恋人がいたとしても、自分とは何も関係がない。いっときの恋心が芽生えていたとしても、それはきっと純一の面影と重なっていただけのことなのだ。美咲は自分にそう言い聞かせた。

すぐには歩きだすことができず、美咲は道端に座りこんだ。

すっかり闇に包まれた海は、静かな波音を繰り返していた。見上げた空にはいくつもの星がきらきらと輝いている。涙がこぼれそうになるのを、美咲は必死でこらえた。

まさか智也と一緒にいるというだけの女性に嫉妬心を抱くとは、思ってもいなかった。智也への恋心は自分で封印していたつもりだった。智也を純一の身代わりにするなんて、それはあまりに失礼な話だ。ただ雰囲気が似ているというだけのことで、純一と智也はまったくの別人なのだから。重い足を引きさずるように、一歩ずつ歩みを前に進めた。

『海近旅館』の玄関前に智也の車が停まっている。そしてその横には智也と女性が立っている。女性はスタイルも抜群だ。智也よりも少し背が高く、長い足を包むホワイトジーンズがまぶしい。

どう声をかければいいのか。それとも気付かないふりをして宿に入ろうか。ためっているうち、智也が大きな声をあげて美咲を呼んだ。

「美咲さ～ん」

美咲は大げさな身振りで驚いてみせた。声をかけられてはじめて気付いたような演技をする自分がおかしかった。

「『海近旅館』のお客さまのようなのでお連れしました」

紹介された女性は、智也と美咲の顔を交互に見てから、美咲に向かって無言で頭を下げた。美咲は戸惑いながらもお辞儀をし、笑顔を返した。

「財前さんっていう方がお見えになってますよね」

智也が美咲に念を押した。

「ええ。財前晋二さんならお泊まりになってますが」

美咲は智也と女性の顔を順に見た。

「ほら。ちゃんと来てらっしゃるじゃないですか」

智也がそう言うと、女性はきまり悪そうな顔を智也に向けてから美咲に向き直った。

「財前麻衣子です。父とこちらで落ち合うことになってるのですが、本当に父が来てるのかどうか自信がなくて」

麻衣子が薄く笑った。

「こんなところで立ち話も何だから、とにかくお入りください」

美咲が手招きすると、麻衣子がキャリーバッグを持って玄関をくぐった。

「遅くなってしまってすみませんでした。すぐに厨房に入ります。あとはおまかせします」

言うが早いか、智也は車に乗りこんで駐車場へ移動させた。

「父は早くから来ているのでしょうか」

『海近旅館』に入ってすぐに麻衣子が訊いた。

「二階の部屋でずっとお待ちかねですよ」

美咲が視線を階段の上に向けた。

「わたしのことは何か言ってました？」

麻衣子が板間に座りこんだ。

「五年前に会ったきりで、連絡も取れてないと不安そうにおっしゃってましたよ」

「そうですか」

麻衣子が長い吐息をついた。

「どんなご事情があるのか分かりませんが、とにかくお会いになったらいかがですか？」

美咲が麻衣子をせかした。

「そうだよ。父娘なんだから会えばきっと分かりあえるって」

白衣のボタンをとめながら、奥から出てきて智也が言葉をはさんだ。

「でも……」

麻衣子はお尻を上げようとはしない。

「顔を合わせにくい事情があるとしても、せっかくここまで来てくださったんだし」

美咲がじれったそうな顔を麻衣子に向けた。

「なんだかよく分からんが、とにかく部屋に行きなさい。お父さんが首を長くして待ってなさるんだから。わしが付いていく」

智也のうしろに立っていた源治がいくらか語気を強めると、ようやく麻衣子は重い腰を上げ、源治と一緒に階段を上がっていく。その背中が見えなくなったのをたしかめてから、智也が口を開いた。

「いつも宇佐美から帰ってくる道沿いに、汐吹《しおふき》公園があるでしょ。あそこの駐車場にお手洗いがあるんです。そのすぐ横のベンチに彼女が座っていたのですが、なんだか思い詰めたような表情をしていて、とても気になったので声をかけたんです。そしたら今はベネズエラに住んでいて、旅館に行くかどうか迷っているという話でした。それがなんと『海近旅館』だったんです。きっとこれは神さまの思《おぼ》し召《め》しだろうから、とにかく行ってみましょうと言って、車に乗ってもらいました。車のなかで話を聞くと、どうやら血のつながっていない父親と『海近旅館』で待ち合わせをしているのだということでした。でもわだかまりがあって、会う決心がつかなかったとも言ってました」

智也がいきさつを説明した。

「そういうことだったの。わたしはてっきり智也さんの恋人かなにかかと思ってしまって」

美咲が頬を淡く染めた。

「恋人なんかいませんよ。海が恋人ですから。なんて恰好つけすぎですか」

智也が照れ笑いを浮かべた。

「どんな事情があるのかは分からないけど、父さんはこういうのに慣れてないから、ちょっと二階の様子を見てくるわね」

恋人と一緒にいたのではなかったということにホッとしつつも、それでも智也が去ってゆくのに変わりはない。美咲は複雑な笑顔を残して階段を上がっていった。

「ずいぶん遅かったじゃないか」

「いろいろ迷ってしまったのよ」

晋二と麻衣子の短いやり取りが部屋の外に聴こえてきた。

『初島』の外に伝わってくる空気は思った以上に重いものだった。

声をかけて美咲はふすまを開けた。

「失礼します。大将、料理のほうをお願いします」

料理の支度はおおかた整っているのだが、不器用な源治にこの場はきっと不向きだろう。源治のことをあえて大将と呼んだ。

「そうか。あとは頼んだぞ」

ホッとしたような顔をして源治は部屋を出ていった。

父と娘というものは、自分のように一緒に暮らしていても、ぎくしゃくすることが多い。ましてや長く離れて暮らしていたなら、ぎこちない会話になったとしても当たり前のことだろう。

紋切り型の問いかけを繰り返す晋二と、素っ気ない答えを返すだけの麻衣子は、互いに目を合わせることもほとんどない。

「長旅でお疲れだったでしょ。どうぞお風呂にでも入ってきてください。そのあいだにお食事の支度をしておきますから」

美咲が水を向けると、麻衣子は座敷机に手をついて、のっそりと立ち上がった。

「背が高いからL寸がいいみたいですね。タオルと一緒にお持ちになってください。今夜は女性用は誰も入ってませんからゆっくり汗を流してきてくださいね」

美咲から一式を受けとって、麻衣子は風呂場に向かった。

「愛想のない娘で申し訳ないね」

窓辺に立って晋二が小さく頭を下げた。

「とんでもありません。きっとお疲れなのでしょう。お風呂で汗を流せば疲れも取れますよ」

「五年前はこんなじゃなかったんだが」

晋二はため息をついてから畳に座りこんだ。

「外国で暮らしてらっしゃるとストレスもたまるんじゃないですか」

深い事情があるのかもしれないが、よく理解できていないので、無難な受け答えしかできない。

「女将さん、食事のあいだここにいてくれませんか。ふたりだけだと息が詰まりそうだ」

晋二は本当に苦しげな表情を見せた。

「お客さまからのご要望があれば、お部屋でお給仕させていただくこともありますのでかまいませんが、せっかく父娘水入らずでお食事されるのに、お邪魔じゃありませんか？」

「父娘といっても麻衣子とは血がつながっていないんだよ。家内の連れ子でね」

晋二が口の端で笑った。

「そうでしたか。でも大した問題じゃないと思いますけどね」

「わたしもそう思って育ててきたんだが、家内が亡くなったころから麻衣子の様子が少し変わってきてね。よそよそしいというのか、他人行儀な態度をとるかと思えば、乱暴な口調になったりね。まるで反抗期の子どもみたいだ」

「父と娘ってそんなものだと思います。うちだってそんな感じですよ。うちの父は気にもかけていないと思いますが」

「わたしが意識し過ぎているのかもしれないね。お忙しいなら無理は言えないけど、時間が許すようなら頼みをきいてくれるとありがたい」

「分かりました。そうさせていただきます。お食事のときのお飲みものはどういたしましょう」

「麻衣子もけっこういけるクチなので、日本酒をお願いします」

「では静岡の地酒をお持ちします。お嬢さまが戻ってこられましたら、館内電話でお知らせください。大きな声でお呼びいただいてもいいんですけどね」

晋二は笑顔でうなずいた。

いったん厨房に戻り、料理を出すタイミングを源治と打ち合わせて、晋二からの連絡を待った。

時計を見ながら待つこと二十分。ようやく厨房の電話が鳴り響いた。

「承知しました。すぐにまいります」

晋二の弾んだ声は、手持ち無沙汰にしていた源治の耳にも届いたようだ。

「『開運』を持っていけ。前菜の盛り合わせも作っといたから」

源治が冷蔵庫から四合瓶を出した。

「運が開けるといいわよね」

言い残して急ぎ足で階段を上がった。

「失礼します。お食事をお持ちしました」

ふすまの前で正座すると、意外にも軽やかな麻衣子の声が返ってきた。

「どうぞ」

ふすまを開けると、座敷机をはさんで向かい合うふたりの笑顔が目に入った。

ふたりのあいだをどう取りもとうかと身構えていた美咲は、拍子抜けしたように、ふたりと同じような笑顔を浮かべた。

「お湯はいかがでしたか」

「最高でした。湯加減もちょうどよくて。やっぱり日本のお風呂はいいですね。しかも眺めがいいから、気分が晴れやかになって」

麻衣子が首筋の汗をタオルでぬぐった。

「温泉だったらもっといいんでしょうけど。すぐにお料理をお持ちしますので、まずはお酒で乾杯でもなさっててください」

言い置いて、美咲は急いで階段を下り厨房に向かった。

前菜の盛り合わせ、魚の煮付け、珍味の小鉢。盆からあふれそうになるのを詰め込んで、美咲は慎重に階段を上がっていった。

「うちはこんな宿ですから懐石料理みたいに一品ずつ出したりせず、料理を並べさせていただきますので、どうぞ気楽にお好きなように召し上がってください」

座敷机に料理を並べると、ふたりはそれを覗きこんで舌なめずりをしている。

風呂に入る前は重苦しい雰囲気だった麻衣子が、なぜこんなに軽やかになったのか。いいふうに変化したのだから、そのわけを訊く必要もないのだろうが、気にはなる。

「この煮付けはひょっとして」

晋二が煮付けに箸を付けた。

「金目鯛です。伊豆の名物といってもいいですね」

「やっぱりそうでしたか。高級魚ですよね。麻衣子、こんな旨い煮付けは日本でしか食えんのだぞ」

「分かってるわよ。父さんが言いたいのは、こんなに美味しいものがあるのだから、早く日本に帰ってきなさい、ってことでしょ」

「分かってるなら早くそうしろ」

ふたりが笑顔で言い合っている。同じ言葉のように見えて、声の調子や表情でまったく受けとり方が変わってくる。やはりわずかなあいだに、ふたりに何か変化があったのだ。

「ベネズエラで看護師をなさっているってお聞きしましたけど、日本と違っていろいろ大変なのでしょうね」

『開運』を注ぎながら麻衣子に訊いた。

「大変なんてもんじゃないみたいですよ。何しろ郵便だってまともに配達してくれないんだから。な？」

問いかけを引き取って、晋二が麻衣子に同意を求めるように目で合図した。

「まさか届いていないとは思わなくて、ずっと父に不信感を抱いていました」

麻衣子が晋二と目を合わせた。

「向こうで結婚することになって、パーティーだかの招待状を送ったそうなんだが、うちには届いてなくてね。麻衣子の友だちから式のことを聞かされて、ヘソを曲げてたってわけさ」

煮付けの骨を外しながら、晋二が肩をすくめた。

「なんの断りもなく、いきなり報《しら》せたのだから、来なくても仕方ないけど、せめてお祝いの手紙くらいくれてもいいのに。わたしはわたしでそう思ってたんです」

イカゲソの塩辛をつまみながら、麻衣子が杯を傾けた。

父親に結婚の報せをしたのに、なしのつぶてだったとすれば娘はがっかりして当然だ。ましてや血がつながっていないのだから、祝福されていないのかと落胆する娘の気持ちはとてもよく分かる。

父親は父親で、自分には招待状どころか報せも届けないのかと、娘に不信感を抱いたとしても仕方がない。

かけ違ったボタンを、ふたりでうまくはめ直すことができてよかった。そしてその場を提供できてよかった。美咲は心底そう思った。

「お電話でもなさればよかったのに」

空になった麻衣子の杯に『開運』を注いだ。

「招待状を五十通だして、他はすべて返信が届いたのですから、まさか父のところだけ届いてないとは思わないじゃないですか。きっと、へソを曲げてるんだと思ったら、なんだか電話もかけ辛くて」

麻衣子も晋二と同じような仕草で肩をすくめた。たとえ血はつながっていなくても、やっぱり父娘なのだ。そう思うと胸が熱くなった。

「でも、なぜお父さんにだけ届かなかったのでしょうね」

素朴な疑問を口にした。

「さっき聞いたら、わたし、宛名の住所を書き間違えていたみたい」

麻衣子がペロッと舌を出した。

「麻衣子は昔からそそっかしい子でね、中学の入学式も別の学校に行っていて、先生から連絡をもらって、慌てて迎えに行ったら、わんわん泣きだしてね。本当に恥ずかしかったですよ」

「そんなこともあったね……」

麻衣子がしんみりした声を出した。

「卒業式のこと、覚えてるかい?」

「卒業式? わたし何かやらかしたっけ」

麻衣子が首をかしげた。

「母さんが車いすに乗ってるってことをすっかり忘れていて、わたしの隣に母さんの姿が見えないことにあせった麻衣子は、式の最中にいきなり立ち上がってみんなを驚かせたじゃないか」

「そんなことあったね。ホントあせったなぁ、あのときは。だって、無事に卒業できたことを一番喜んでくれてたお母さんがいないんだもん。なんで? と思ったら、居ても立ってもいられなくなって」

「母さんはずっと嬉し涙を流していたのに、麻衣子がいきなり立ち上がったのを見て笑い出したんだよ。麻衣子ったら、って言って」

「結婚パーティーのときも、あのときと同じ気持ちだった。ずっと父さんの姿を捜してた。ベネズエラに渡るときに、自分は死んだつもりでいて欲しいと言ったのを本気にしたのかと思っちゃった」

麻衣子が瞳を潤ませた。

「本気にしたさ。この五年、どれだけ心配したか」

晋二が小さくつぶやいた。

「次のお料理、お持ちしますね。どうぞゆっくりお召し上がりください」

ふたりで思い出に浸る時間を作るのも、旅館としてのだいじな仕事だ。

厨房には誰もいなかった。

オーブンの火はついたままだ。どこへ行ったのだろうと廊下に目を向けると、バタバタと足音が響いてきた。

「そろそろ鬼殻焼を出すか」

おっとり刀で厨房に戻ってきて、源治がオーブンの扉を開けた。その瞬間なんともいえず馨《かぐわ》しい香りが厨房に広がった。

「そうしようか」

美咲が掛け時計に目を遣った。

「いい匂いがしてますね」

厨房に入ってくるなり智也が声を上げた。

「ちょうどいい焼き加減みたいです」

美咲がオーブンを指さした。

「鬼殻焼を見るのは久しぶりだなぁ」

オーブンを覗きこんで、智也が生唾を呑みこんだ。

「上のふたり、どんな感じなんですか？」

智也が天井を指した。

「最初はどうなるかと心配したんだけど、今ではとってもいい雰囲気よ。麻衣子さんの子どものころの思い出話に花が咲いているわ」

「そんな場面に立ち会えるのが旅館業の醍醐味《だいごみ》なんですよね」

智也が大きくうなずいた。

「あのお嬢さんは、子どものころからうちに来とったかなぁ。まったく記憶にない」

鬼殻焼を仕上げながら、源治がひとり言のように言った。

「せっかくだからお寿司も出そうかと思うんですが」

智也が源治の背中に声をかけた。

「特別料金さえもらえりゃ問題ない」

振り向いて源治がにっこり笑った。

「麻衣子さんは向こうで結婚されたみたい」

「そうだったんですか。じゃあ鬼殻焼はぴったりですね」

智也の言葉に源治がこっくりとうなずいた。

腰が曲がっている伊勢海老は長寿に通じるという縁起もので、殻ごと焼くときに末広形に串を打つことから祝いの席で出すことが多い。美咲が大学に合格したときも家族揃って鬼殻焼を囲んだことを思いだしている。

「娘さんが結婚したことを分かっとって、財前さんは鬼殻焼を注文なさったのか」

「でも、晋二さんはそのことをご存じなかったみたいよ」

「親っちゅうもんは、そんなこと勘で分かるもんだ」

「そういうものなんですか」

智也が宙に目を遊ばせた。

「よし、出してくれ」

盛付を終えて、源治が大きな鉢を調理台に置いた。

「なるほど。鬼殻焼は銘々に盛るより、二尾《び》一緒に盛ったほうが迫力ありますね」

智也は鉢をぐるりと回しながら、鬼殻焼を食い入るように見ている。

「父と娘みたいなもんだ。別々より一緒におるほうがええ。冷めないうちにな」

源治が苦笑いした。

「はい」

両手で大鉢を持って、智也が手渡そうとしたのを美咲は拒んだ。

「智也さん、持っていってくれる？　料理の説明も料理人がしたほうがいいでしょ。お寿司の好みも訊いておかなきゃ」

「そうですね。じゃ」

智也が大鉢を持ったまま、くるりと身体の向きを変えた。

「ふたりとも喜んでくれるといいわね」

美咲がその背中に声をかけた。

厨房には鬼殻焼の匂いだけが残り、静けさが戻った。

「美咲、一本付けてくれるか」

杯をふたつ配膳台に置いて、源治がパイプ椅子に腰かけた。

「なに？　めずらしいわね」

「何がめずらしい？」

「仕事中なのに飲むことと、わたしと飲むこと」

「一本くらいならいいだろう」

「はい。お付き合いします」

　美咲は源治の隣に座った。

「房子が亡くなってから半年ほどは、借金を返すためだけに働いとった。房子のおらん旅館なんて、やり甲斐のない仕事に思えてなぁ」

　源治が杯をなめた。

「仕方ないわよ。何もかもお母さんが仕切ってたんだし」

　美咲も同じ仕草をした。

「それがなぁ、最近この仕事が愉しくなってきたんだ」

　源治が美咲に顔を向けた。

「よかったじゃない。なんとなく分かってたよ。お父さんがやる気出してるなぁって」

「冨久山さんが来ただろ？　あっという間にどこかへ消えてしもうたが。そして今度は智也さんも来た。あのふたりを見てたら、わしも何かをやらなきゃいかんと思うようになった。いや、やりたくなるんだ。料理旅館というておっても、胸張れる料理なんてものは、ほとんどなかったとおなじだ。それでも客は来てくれるし、借金は残っとっても廃業せにゃならんほどでもなかった。旅館っちゅうのはこういうもんだと思うておったが、もっとええ旅館にせんといかん。そう思うんだわ。ときどき房子の声が聞こえてきてなぁ。──若い人に負けないようにあなたもがんばって──」

薄らと瞳を潤ませた源治の杯に、美咲が酒を注いだ。

「お母さんがいたときみたいな活気を取り戻さないとね。わたしもがんばる」

「そのことなんだがな」

源治がパイプ椅子をくるりと回して、身体ごと美咲に向き合った。

「何よ改まって」

「恵は東京で別の仕事をやりたいらしいんだ。お前には直接言いにくいらしく、わしに言うて来よった」

「そうなんだ……。まぁ兄貴にはこの仕事向いてないしね。いいんじゃない？」

「わしもそう思う。ただ、そうなると人手が足りないわな。あれでもいちおう仕事はしとったからな」

「そうだね。でもそれはみんなで分担してやるしかないんじゃない？　今のうちの状態でもうひとり雇うなんて無理よ」

「それもそうだが……」

　源治が身体の向きを戻した。

「なんとか乗り切らないと。でも少し希望の光が見えてきたような気がする。お父さんもやる気出してくれたんだし」

　源治を横目にして美咲は杯を傾けた。

　恵はきっと宿を継がないだろうと思っていた美咲にとって、源治の話は想定内だ。だが頑固一徹のような源治が素直に自分の気持ちを吐露するとは、まったく思ってもみなかった。それもこれも智也のおかげだろうと思うものの、『海近旅館』を去ってゆくことはもう決まっているのだ。源治に今朝のことを伝えたほうがいいのかどうか。

「この際に訊いておくがな、お前はどっちに好意を持っとるんだ。智也さんか、隣の釣りバカ息子か」

　酒の勢いを借りたのか、源治が目を合わせることなく美咲に訊いた。

「何よ、いきなり。そんなことすぐに答えられるわけないでしょ」

「答えられない、っちゅうことは、その気はあるということだな」

源治が畳みかけてきた。

「違います。今はそんなこと考えてる余裕がないんです」

口をとがらせてそう答えたものの、美咲の心は明らかに揺れ動いていた。

さっきの智也の言葉を信じるなら恋人はいないのだ。だったら思いきって智也に付いてゆくことだって選択肢のひとつだ。だが、現実を考えればその可能性は限りなくゼロに近い。旅館も父親も置いて出てゆくなどできようはずがない。そんなことをすれば、あとを自分に託した房子に顔向けできないではないか。

「まぁええ。けど、いつかは考えにゃならん話だ」

そう言って源治が立ち上がった。

「たぶん時間が解決すると思う……」

内心とは違う言葉をはきながら、思いだしたように美咲が立ち上がる。

「お寿司の準備もそろそろしなきゃね」

「寿司のことは智也さんにまかしときゃいい。ネタは冷蔵庫に入っとる」

源治が厨房を出ていった。

それにしても『初島』から聞こえてくる愉しそうな声は途切れることがない。よほど話が弾んでいるのだろうが、智也がその輪の中にいるというのは、どことなく不思議な気がする。

そういえば、智也の家族はどうなっているのだろう。両親は健在なのだろうか。

「あれ？　オヤジさんは？」

厨房に戻ってきてすぐに、智也が声を上げた。

「お手洗いでも行ってるんじゃないの」

美咲が素っ気なく答えた。

「お寿司の準備をしなきゃいけないのに」

智也が肩をすくめた。

「手伝いましょうか」

「お願いしていいですか。即席屋台を『初島』にセットしてください」

「分かりました」

短いやり取りで意思が通じるのは嬉しい。

美咲と智也はそれぞれの仕事を無言でテキパキとこなす。

こんな時間もこれで最後になるのか。そう思いながら智也の横顔をじっと見つめると、せつなさに胸がしめつけられる。

「何か？」

視線に気付いた智也が、美咲の目を見つめかえした。

「いえ」

慌てて手元に視線を移した美咲は必死で涙をこらえた。

2

いろんな思いが押し寄せてきて、夜中に何度も目がさめた。重い心と身体を引きずりながら朝の仕事をはじめた。

朝になっても、晋二と麻衣子の和やかな空気はまったく変わっていなかった。

ありきたりなものだが、源治と智也が朝早くからこしらえた朝食を、ふたりは愉しそうに会話を弾ませながら食べている。

「ご飯もたくさん食べてくださいね。お味噌汁のお代わりもありますし」

ご飯をよそった飯茶碗を麻衣子に手渡した。

「このおしんこが実に美味しい。ご飯が進んで進んで。やはり自家製ですか」

晋二が空になった飯茶碗を美咲に差しだした。

「母がたいせつにしていたぬか床で漬けたものです。最初は面倒に思ったのですが、手を入れているうちに愛着がわいてきて、今ではぬか床で漬けないとおしんこに思えなくて」

ご飯を多めによそって晋二に返した。

受けとった飯茶碗を押しいただいてから、晋二は汁椀の隣に置いた。

「女将さん、本当にありがとう。この宿がなければ、わたしたちはこんな時間を持てなかったよ。ふたりで美味しいご飯を食べて、ふたつ並べた布団で寝て、たくさん話もできた」

晋二が座布団をはずして座り直すと、麻衣子も慌ててそれを真似た。

「何をおっしゃいますか。お礼を申し上げるのはこちらのほうです。宿をやっていてよかったと気付かせてくださったんですから」

美咲は三つ指をついた。

「思いきって向こうへ行くことにした」

晋二が晴れやかな顔を美咲に向けると、麻衣子も同じような表情をした。

「お婿さんと一緒に海外での三人暮らし、愉しそうですね」

美咲はふたりに笑顔を返した。

「早く四人に、いや五人かな。家族が増えることを愉しみにしてるんだ」

「心配することは山ほどありますけどね」

麻衣子が胸に手を当てた。

「それはわたしの台詞なんだがな」

晋二が麻衣子を横目で見て笑った。

「どうぞごゆっくりお食事なさってください。今熱いお茶をお持ちします」

『初島』をあとにした美咲は階段を下りながら、待望しながら孫の顔を見ることができなかった房子の気持ちを察した。

「朝からご機嫌みたいだな」

厨房に戻ると源治は開いていた新聞を閉じた。

「父娘ってひと晩であんなに仲良くなれるのね」

美咲はふたりの様子や話をひととおり源治に話して聞かせた。

「泊食分離だとかいう話もよく耳にするが、やっぱり旅館ってのは、食って泊まってが一体になるからいいんだ。寝食を共にすると、人と人の距離が縮まる。そういうことだな」

自分に言い聞かせるように言って、源治は何度もうなずいた。

源治の言うとおりだと美咲は思った。

たまに業界誌を読むと、今の旅館はこんな流れだ、こうすれば売上が上がるだとか書かれている。そんな中で目立つのは源治の言葉にもあった泊食分離だ。一泊二食付き、という旅館の前提を崩すことが売上増につながったという旅館の例が挙がっていたりすると、心が動かないでもなかったが、昨日のようなことがあると、やはり旅館は食べて泊まって、が一体になってこそ、だと思う。

いつもどおりの片付けや掃除をするうち、『初島』のチェックアウトの時間になった。

「本当にお世話になりました。いい思い出ができました」

玄関先で見送る美咲の手を両手でしっかり包み込んで、晋二が固く握りしめた。

「ありがとう」

晋二が手を放すのを待ちかねたように、麻衣子が美咲をハグした。

「今度はお子さんも一緒に来てくださいね」

「そうそう、そのことなんだけどね、五年後の同じ日を予約してもらえるかね。家族みんなで鬼殻焼とお寿司を食べたいんだよ」

晋二が片目をつぶった。

「承知いたしました。間違いなくお部屋はお取りしておきます。間際になりましたら、人数をお知らせくださいませ。お待ちしております」

鬼殻焼はともかく、五年後に智也の寿司は出せない。寿司を出すとすれば自分が握らなければならない。はたしてそんなことができるだろうか。そんな不安は顔に出てしまう。それを隠すように深々と頭を下げた。

「駅までお送りしてきます」

智也が荷物を積み込んで、ドアを閉める。

――お見送りのときに、お越しいただいたとき以上の笑顔を、お客さまが見せてくださるようでなきゃダメ――

空から聞こえてきた房子の声に、美咲は自信を持って首を縦に振った。

ちぎれんばかりに手を振って見送る車がだんだん小さくなり、やがて見えなくなった。美咲はホッと小さなため息をついた。

余韻に浸っているひまはない。旅館の仕事はエンドレスなのだ。チェックアウトが済めば、次はチェックインの準備をしなければいけない。慣れないうちは大変だとばかり思っていたが今は違う。こうして次につながっていかなければ旅館は立ち行かないのだ。止まったら倒れてしまう自転車のようなもので、自転車操業という言葉を今はポジティブにとらえている。

美咲は早速掃除に入った。

『初島』に入ると部屋の隅っこに布団が片付けられている。晋二と麻衣子が布団を畳んでいる様子を想像するだけでも微笑ましい。

座敷机の上に白い封筒が置かれていて、海近旅館さま、と表書きされている。中を開けてみると便せんが二枚入っていた。

――皆さんのおかげで素晴らしい時間を過ごせました。ありがとうございました　財前晋二――

達筆で書かれている。

――ありがとうございました。短い時間でしたが一生忘れられない夜になりました。またお会いできる日を愉しみにしています　麻衣子――

字が軽やかに躍っているのは、今の麻衣子の気分そのままなのだろう。

ふたりの顔を思い浮かべながら、便せんを封筒に戻し、美咲は両手を合わせた。

チェックインと同時にいただく心づけよりも、こんな手紙のほうが嬉しい、といえばお客さまに失礼だろうと思うが、偽らざる気持ちだ。

澄んだ空気。海との境が見分けられないほどの青い空。シーツを外した布団を干しながら、美咲は口笛を吹こうとして、音が出ないことに気付いた。晴れやかなはずなのに、別れの辛さに負けてしまう。哀しいときには口笛は吹けないのだと分かった。

いつもどおりに客を迎える準備を続けながら、帰り支度をする智也の動きが気になって仕方がない。それは美咲だけでなく源治も同じだったようだ。

お昼休みに、源治とタヱには昨日の朝の智也の話をした。タヱは軽く受け流したが、源治の心には強い衝撃を与えたようだった。

源治の勝手な思い込みではあるが、娘も旅館も託そうと思っていた相手が突然いなくなる。言葉には出さないものの、動揺しているのは手に取るように分かる。

美咲と会話を交わすこともなく、料理の仕込みをしている。普段どおりのようだが、同じことばかりを繰り返しているように見える。冷蔵庫を開けても何も取りださずに閉め、またしばらくして開けて中を覗いてから閉める。きっと心ここにあらずなのだろう。

美咲は美咲で宿のなかを動きまわって、目に付いたところの掃除をしているだけで、まるで計画性がない。

「それはわたしがやっておきますから」

風呂場の掃除をしているところに入ってきたタヱがデッキブラシを取り上げた。きっと智也との別れを惜しむ時間を作ろうと気遣ってくれているのだろう。ありがたいことだとは思うがそんな気にはなれないし、智也にもそんな余裕はないに違いない。どころか別れの寂しさなんて、彼のほうはまったく感じていないのかもしれない。

ほとんどの荷物は車に置きっぱなしにしていたようだから、支度にはそれほどの時間はかからなかった。せめて恵が帰ってくるまで、と引き留めたが、メグさんにはいつでも会えるからと笑顔を向けて、智也はあっさりと車に乗りこんだ。来たときと同じ恰好で、源治、タヱ、そして美咲と、淡々とした様子で別れの挨拶をし、智也の車はあっけなく走り去っていった。

車は少しずつ速度を上げ、それは智也の気持ちを表しているように思えた。『海近旅館』にも美咲にも何ほどの未練もない。エンジン音がそう言っているように聞こえた。

「また一から出直しだな」

車が見えなくなったのをたしかめて、源治がぽつりとつぶやいた。

胸のなかが空っぽになった。

客を迎える準備は整ったものの、心の準備はまったくできていない。美咲はあらためて智也がいなくなった喪失感に心をふさがれていた。

ぜんぶで三組。多くもなく、少なくもない客の夕食が終わった。

どうにかこうにか夕食の片付けも終え、あとのことをタヱと源治にまかせて、美咲は夜のいるか浜へ出た。

宿のなかにいると智也との時間を思いだすばかりで、せつなくて泣きそうになってしまう。突然いなくなったという意味では、純一のときと同じなのだが、智也は引き留めることもできたはずだと思うと少なからず悔いが残った。

漆黒に沈んだ夜の海が美咲を責めるように波音を繰り返している。

浜辺に三角座りをする美咲は声を上げて泣きたくなったが、涙のひと粒も出ないほど胸のなかはからっぽになっていた。

人はいなくなって、はじめてその存在感が明らかになる。純一や房子のときとまったく同じだ。そこにいるのが当たり前だと思っていたのが、突然目の前から消える。その喪失感たるや想像を絶するものだった。

純一のときは少し様子がちがった。あまりにも突然だったので、まさか、という気持ちが強く、現実感がほとんどなかった。しばらくは純一が死んだという事実を受け入れられなかった。ひょっこり帰ってくるのではないか。そう思い続けていたから、哀しむひますらなかった。

房子のときは反対に、病を得て、そう遠くなく別れの日が来ると分かっていたから、それなりの覚悟はできていたはずだった。

報せが届いても、それほどの驚きもなく冷静に現実を受けとめることができた。順番からいっても母が先に逝くことはふつうのことだと思えた。

房子が生きているあいだは、ごくふつうの母と娘だと思っていた。格別母に甘えていたわけでも、ずっと一緒にいたわけでもない。むしろ邪険にすることのほうが多かったような気がする。母親の存在感などまるで意識したこともなかったのに、亡くなったあとの虚《むな》しさは言葉に表すこともできなかった。

そういう意味では、智也も房子と同じだ。

いつまでもいるわけではないと理解していたし、その存在感も臨時雇いの従業員を超えるものではなかったはずだ。

ただ昔の恋人に似ているというだけの存在。そう思い込んでいたから、今の自分の気持ちがまだ理解できずにいる。

智也の手を握ったこともないし、デートだってしたことがない。恋人の、こ、の字も心になかった。そんな相手がいなくなったからといって、これほど辛い思いをするとは想像もしなかった。

ただ、鰺を開くのに智也の手が重なったときに、胸がときめいて心臓の鼓動が速くなったくらいのことだ。それだって智也は何も感じてなかっただろうし、そんなことはとうに忘れ去っているに違いない。

一方通行の恋心だったのだ。

結局また実を結ぶことのない恋になってしまった。

早く忘れてしまわないと前に進めない。智也はもう手の届かないところへ行ってしまったのだから。

仰向《あおむ》けに寝転がった。

夜空に星がまたたき、相変わらず波は小さな音を繰り返している。

涙がこぼれないように、美咲はそっとまぶたを閉じた。波の音が眠気を誘う。智也の夢を見られるのなら、このまま眠ってしまおう。

波の音が少しずつ小さくなってゆく。身体が宙に浮いてゆくような気がする。

夢の世界が手招きしている。美咲は身をゆだねた。

「初めて鰺を三枚におろしたときのことを覚えていますか」

智也の声だ。

「もちろん。心臓が破裂するんじゃないかと思った」

夢まぼろしだと分かっていて、心のなかでそう答えた。

智也の次の言葉を待ったが、波の音が大きくなるばかりで、何も聞こえてはこなかった。

「やっぱり夢か」

美咲はふっとため息をついた。

「料理ってひとりでできるもんじゃない。あのときそう思ったんです」

はっきりそう聞こえた。

そら耳なんかではなかった。智也が美咲の横に座っている。

「忘れものでもしました？」

あわてて美咲は身体を起こした。

「はい。宿に置き忘れてきたことに気付いたんです」

智也が美咲に顔を向けた。

「何かだいじなもの？」

美咲は乱れた髪を指で直した。

「美咲さんと一緒に料理を作っていこうと思っていた気持ちを」

昨日の朝と同じように智也が海に向かって小石を投げた。

「え？」

美咲はすぐに智也の言葉を頭の中で復唱してみた。

一緒に料理を作っていこうと思っていた……。

胸のなかで二度ほどくりかえしてみたが、まだその意味をよく理解できず、言葉を返せずにいる。

「すみません。急に戻って来て、いきなりこんなこと言いだしてしまって」

智也は顔を真っ赤にして、玉砂利に視線を落としたままだ。

ひょっとして今のは告白だったのか？　いや、そんなはずはないだろう。ただ『海近旅館』で働きたいという意思表示をしただけのことだ。きっとそうだ。そうに決まっている。

「昨日、財前さんとお話をしていて、母親を思いだしたせいもあります。子どもが結婚すると、親はあんなに喜んでくれるんだと」

この言葉を聞いて分からないほど鈍くはない。智也がプロポーズしてくれたのだ。

みじんも予想しなかった展開に、美咲の胸は破裂しそうにふくらんだ。

「突然失礼なことを言ってすみませんでした。すぐに答えをください、とは言いません。これからも『海近旅館』で働かせてください。お願いします」

智也がからくり人形のような、ぎこちない動きで腰を折った。

「ありがとう。とっても嬉しいです。でも、あまりにも突然なのと、まだお互いに知らないことがいっぱいあると思うので」

美咲は正直に気持ちを伝えた。

「もちろんです」

智也が日焼けした顔を引きしめた。

波打つ胸の鼓動はまだおさまりそうにない。

「夢を見ているような気がします」

まだ、目の前で起きていることが現実だとは思えない。

「本当は今朝この話をしようと思ったんですが、断られるのがこわくて言いだせませんでした」

智也が白い歯を見せた。

沖合を白い大きな船が南に向かってゆっくりと進んでいる。ふたり並んでその灯りを見つめた。

「ずっと座礁したままだったけど、ようやく『海近』丸も船出できそうになった気がします」

「はい。板に乗るのは慣れてますけど、船乗りとしては新米ですから、よろしくお願いします」

顔を見合わせて笑った。

戻ってきた智也を見たら、源治はどんな顔をするだろう。もしも房子が生きていたらどんな言葉をかけてくれただろう。

――お客さまはけっして神さまではありません。でも、ときどき神さまがお客さまになってお越しになることはあります――

房子の声が波間から聞こえてきた。

美咲のおすすめ宿厳選8軒

旅館紅鮎

no.8

女性ひとりで旅館に泊まるのって、むかしはかなり難しかったみたいです。『海近旅館《うみちか》』でも先代のころは断っていたと聞きました。自殺でもされたら困るから、ってよく祖父が言ってましたけど、今から思えば笑い話ですね。

「女だって、ひとりで旅館に泊まりたくなるんだよ」。そう言い残してひとり旅に出たのは、二月のオフシーズンのときでした。疲れを癒したかったのと、琵琶湖《びわこ》を眺めながら温泉に浸かれる宿があると聞いたからです。

海は飽きるほど見慣れているけど、静かな湖をじっと眺めていたいと、ずっと思っていたんです。湖畔の宿という言葉にも憧れていましたし。

米原《まいばら》駅で新幹線から在来線に乗り換えて、湖北の高月《たかつき》という駅で降りると、『旅館紅鮎《べにあゆ》』の車が迎えに来てくれていました。

十分と走らずにたどり着いたのはまさに湖畔の宿。琵琶湖は目の前なんです。湖岸ぎりぎりに建っている一軒宿は、思っていた以上にアットホームな雰囲気でした。

囲炉裏のあるロビーでお茶をいただくのですが、ここでも琵琶湖の景色を間近に眺められます。二階の部屋ですがエレベーターで行けるので楽ちんです。

閑散期だったからかもしれませんが、とても広い特別室に泊めてもらいました。広いテラスには寝湯ができる露天風呂も付いていて、リビングルームと控えの間、ツインベッドルームまであるんです。ホテルのスイートルームみたいで、すっかりお姫さま気分で、すでにご機嫌です。ひとりでこんな贅沢《ぜいたく》していいのかしらと思いながらも、毎日頑張っているのだから、たまにはこんなご褒美をもらってもいいだろうと、自分を納得させます。

大浴場の露天風呂に浸かっていると、まるで琵琶湖に浮かんでいるような気分になります。遮るものは何もなく琵琶湖だけが視界に入るのです。湖に立つ木にはどうやら巣があるようで、たくさんの水鳥が行き来しています。遠くに浮かんでいるのは竹生島《ちくぶしま》と言って、神さまの島だそうです。なんとも神々しい琵琶湖の眺めに思わず手を合わせます。

食事処《しょくじどころ》には、ひとりご飯に恰好《かっこう》の窓際カウンター席が設《しつら》えてあって、ひとりでも気がねなく湖の幸や地場の野菜を、湖の眺めとともに味わえます。たぶんカップル用の席だと思いますが、この席が気に入ったわたしは、このとき以来ここを定宿としてひとり旅を愉《たの》しむようになりました。

『旅館紅鮎』

住所：滋賀県長浜市湖北町尾上312　電話：0749-79-0315

小学館文庫
好評既刊

鴨川食堂

柏井 壽

ISBN978-4-09-406170-3

鴨川流と娘のこいし、トラ猫のひるねが京都・東本願寺近くで営む食堂には看板がない。店に辿り着く手掛かりはただひとつ、料理雑誌『料理春秋』に掲載される〈鴨川食堂・鴨川探偵事務所――〝食〟捜します〉の一行広告のみ。縁あって辿り着いた客は、もう一度食べてみたいものに出会えるという。夫の揚げていたとんかつを再現したいという女性、実母のつくってくれた肉じゃがをもう一度食べたいという青年など、人生の岐路に立つ人々が今日も鴨川食堂の扉を叩く。寂しさも辛さも吹き飛ばす、美味しい六皿をご用意しました。京都のカリスマ案内人、初の小説！

小学館文庫
好評既刊

泣き終わったらごはんにしよう

武内昌美

ISBN978-4-09-406777-4

中原《なかはら》温人《はると》は社会人四年目の少女マンガ編集者。いちばんの楽しみは、恋人のたんぽぽさんに美味しいごはんを作ってあげることだ。優しさと思いやりがたっぷり詰まった料理は、食べた人の心のほころびを癒していく。スランプに陥ったマンガ家に温人が振る舞ったのは、秘密の調味料を忍ばせた特製きのこパスタ。その味と香りに閉じていた思い出の箱が開いて……。仕事のトラブルに涙する姉には甘く蕩ける肉じゃがを、イケメンのくせに恋愛ベタな友人には複雑な食感の山形のだしを。読めば大切な人とごはんが食べたくなる。心の空腹も満たす八皿、どうぞ召し上がれ。

本書のプロフィール

本書は、二〇一八年十一月に小学館より単行本として刊行された作品を加筆修正し文庫化したものです。

小学館文庫

海近旅館《うみちかりょかん》

著者　柏井壽《かしわいひさし》

二〇二〇年九月十二日　初版第一刷発行

発行人　飯田昌宏
発行所　株式会社 小学館
〒一〇一-八〇〇一
東京都千代田区一ツ橋二-三-一
電話　編集〇三-三二三〇-五九五九
　　　販売〇三-五二八一-三五五五
印刷所——大日本印刷株式会社

ISBN978-4-09-406812-2